GUILLERMO MARTÍNEZ, doctor en Lógica Matemática, obtuvo el Premio del Fondo Nacional de las Artes en 1989 con su libro de cuentos *Infierno Grande*. Luego, en 2003 recibió el Premio Planeta Argentina con su novela *Los Crímenes de Oxford*, el cual tuvo un resonante éxito internacional, se tradujo a treinta y tres idiomas y ha sido llevada al cine por el director Alex de la Iglesia. Publicó además los libros de ensayos *Borges y la Matemática* y *La Fórmula de la Inmortalidad*. Colabora regularmente con artículos y reseñas en el diario argentino *La Nación* y otros medios. *La Muerte Lenta de Luciana B.* ya ha sido contratada para traducciones en inglés, francés, alemán, italiano, portugués, griego, polaco, japonés y sueco.

La Muerte Lenta de Luciana B.

La Muerte Lenta de Luciana B.

Guillermo Martínez

rayo | Planeta
www.harpercollins.com

LA MUERTE LENTA DE LUCIANA B. Copyright © 2007 por Guillermo Martínez. Todos los derechos reservados. Impreso en los Estados Unidos de América. Se prohíbe reproducir, almacenar o transmitir cualquier parte de este libro en manera alguna ni por ningún medio sin previo permiso escrito, excepto en el caso de citas cortas para críticas. Para recibir información, diríjase a: HarperCollins Publishers, 10 East 53rd Street, New York, NY 10022.

Los libros de HarperCollins pueden ser adquiridos para uso educacional, comercial o promocional. Para recibir más información, diríjase a: Special Markets Department, HarperCollins Publishers, 10 East 53rd Street, New York, NY 10022.

Este libro fue publicado originalmente en España en el año 2007 por Ediciones Destino.

PRIMERA EDICIÓN RAYO, 2008

ISBN: 978-0-06-156551-9

08   09   10   11   12   ID/RRD   10   9   8   7   6   5   4   3   2   1

*Todo lo que choca en física, sufre una
reacción igual al choque, pero en moral
la reacción es más fuerte que la acción.
La reacción a la impostura es el desprecio;
al desprecio, el odio; al odio, el homicidio.*

GIACOMO CASANOVA,
Historia de mi vida

UNO

El teléfono sonó una mañana de domingo y tuve
que arrancarme de un sueño de lápida para atenderlo.
La voz sólo dijo *Luciana*, en un susurro débil y ansioso, como si esto hubiera debido bastarme para recor-
darla. Repetí el nombre, desconcertado, y ella agregó
su apellido, que me trajo una evocación lejana, todavía
indefinida, y luego, en un tono algo angustiado, me recordó quién era. Luciana B. La chica del dictado. Claro que me acordaba. ¿Habían pasado verdaderamente
diez años? Sí: casi diez años, me confirmó, se alegraba
de que yo viviera todavía en el mismo lugar. Pero no
parecía en ningún sentido alegre. Hizo una pausa. ¿Podía verme? *Necesitaba* verme, se corrigió, con un acento de desesperación que alejó cualquier otro pensamiento que pudiera formarme. Sí, por supuesto, dije
algo alarmado, ¿cuándo? Cuando puedas, cuanto antes. Miré a mi alrededor, dubitativo, el desorden de mi
departamento, librado a las fuerzas indolentes de la en-
tropía y di un vistazo al reloj, sobre la mesa de luz. Si

es cuestión de vida o muerte, dije, ¿qué te parece esta tarde, aquí, por ejemplo a las cuatro? Escuché del otro lado un ruido ronco y una exhalación entrecortada, como si contuviera un sollozo. Perdón, murmuró avergonzada, sí: es de vida o muerte, dijo. No sabés nada, ¿no es cierto? Nadie sabe nada. Nadie se *entera*. Pareció como si estuviera otra vez por romper a llorar. Hubo un silencio, en el que se recompuso a duras penas. En voz más baja, como si le costara pronunciar el nombre, dijo: tiene que ver con Kloster. Y antes de que alcanzara a preguntarle nada más, como si temiera que yo pudiese arrepentirme, me dijo: A las cuatro estoy allá.

Diez años atrás, en un estúpido accidente, yo me había fracturado la muñeca derecha y un yeso implacable me inmovilizaba la mano, hasta la última falange de los dedos. Debía entregar en esos días mi segunda novela a la editorial y sólo tenía un borrador manuscrito con mi letra imposible, dos cuadernos gruesos de espirales abrumados de tachaduras, flechas y correcciones que ninguna otra persona podría descifrar. Mi editor, Campari, después de pensar un momento, me había dado la solución: recordaba que Kloster, desde hacía algún tiempo, había decidido dictar sus novelas, recordaba que había contratado a una chica muy joven, una chica al parecer tan perfecta en todo sentido que se había convertido en una de sus posesiones más preciadas.

—Y por qué querría prestármela —pregunté, todavía temeroso de mi buena suerte. El nombre de Kloster, bajado de las alturas y aproximado con tanta naturalidad por Campari, a mi pesar me había impresionado un poco. Estábamos en su oficina privada y un cuadro con la tapa de la primera novela de Kloster, la única concesión del editor a un adorno, daba desde la pared un eco difícil de pasar por alto.

—No, estoy seguro de que no querría prestártela. Pero Kloster está fuera de la Argentina hasta fin de mes, en una de esas residencias para artistas donde se recluye para corregir sus novelas antes de publicarlas. No llevó a su mujer, así que por propiedad transitiva no creo —me dijo con un guiño— que la mujer le haya dejado llevar a su secretaria.

Llamó delante de mí a la casa de Kloster, habló en una efusión de saludos con la que evidentemente era su esposa, escuchó con aire resignado lo que parecía una sucesión de quejas, esperó con paciencia a que ella encontrara el nombre en la agenda, y copió por fin un número de teléfono en un papelito.

—La chica se llama Luciana —me dijo—, pero mucho cuidado; ya sabés que Kloster es nuestra vaca sagrada: hay que devolverla a fin de mes, intacta.

La conversación, aun tan breve, me había dejado ver por una grieta imprevista algo de la vida clausurada, privadísima, del único autor verdaderamente callado en un país en que los escritores, sobre todo, hablaban. Al escuchar a Campari había ido de sorpresa en sorpresa y no pude evitar pensar en voz alta. ¿Kloster, el terrible Kloster, tenía entonces una mujer? ¿Tenía incluso algo tan impensado, tan definitivamente burgués, como una secretaria?

—Y una hijita a la que adora —completó Campari—: la tuvo casi a los cuarenta. Me lo crucé un par de veces cuando la llevaba al jardín. Sí, es un tierno padre de familia, quién lo diría, ¿no es cierto?

Kloster, en todo caso, aunque en esa época no había «explotado» todavía para el gran público, ya era en voz baja, desde hacía tiempo, el escritor que había que matar. Había sido, desde su primer libro, demasiado grande, demasiado sobresaliente, demasiado notorio. El mutismo en que se retraía entre novela y novela aturdía, y nos inquietaba como una amenaza: era el silencio del gato mientras los ratones publicaban. Ante cada novedad de Kloster ya no nos preguntábamos cómo había hecho, sino cómo había hecho *para hacerlo otra vez*. Para aumentar nuestra desgracia, no era ni siquiera tan viejo, tan distante de nuestra generación como hubiéramos querido. Nos consolábamos con la conclusión de que Kloster debía ser de otra especie, un engendro malévolo, repudiado por el género humano, recluido en una isla de soledad resentida, de aspecto tan horroroso como cualquiera de sus personajes. Imaginábamos que antes de convertirse en escritor habría sido médico forense, o embalsamador de museo, o chofer de una funeraria. Después de todo, él mismo había elegido como epígrafe en uno de sus libros la frase despectiva del fakir de Kafka: «No como porque no hallé alimento que me guste: me hartaría igual que ustedes si lo encontrara». En la contratapa de su primer libro se decía con cortesía que había algo «impiadoso» en sus observaciones, pero quedaba claro, a poco que se lo leyera, que Kloster no era impiadoso: era despiadado. Sus novelas, desde los primeros párrafos, encandilaban, como los faros de un auto en la ruta, y demasiado tarde uno se daba cuenta de que se había convertido en una liebre aterrada, quieta y palpitante, incapaz de hacer otra cosa que seguir, hipnóticamente, pasando las páginas. Había algo casi físico, y cruel, en la forma en que sus historias penetraban capas y removían miedos enterrados, como si Kloster tuviera un tenebroso don de trepanador y a la vez las pinzas más sutiles para sujetarte. No eran tampoco exactamente —tranquilizadoramente— *policiales* (cómo hubiéramos querido poder descartarlo como un mero autor de meros policiales). Lo que había era, en su estado más puro, maldad. Y si la palabra no estuviera ya lavada e inutilizada por los teleteatros, ésa hubiera sido quizá la mejor definición para sus novelas: eran *malvadas*. La prueba de cuán prodigiosamente ya nos pesaba entonces era el modo callado en que se hablaba de él, como si fuera algo que si nos esforzábamos por mantener en secreto, nadie «afuera» se enteraría. Tampoco los críticos sabían muy bien cómo despacharlo y sólo alcanzaban a balbucear entre comillas, para no parecer impresionados, que Kloster escribía «demasiado» bien. En eso acertaban: demasiado bien. Fuera del alcance. En cada escena, en cada línea de diálogo, en cada remate, la lección era la misma y desanimante, y aunque cien veces yo había tratado de «ver» el mecanismo, sólo había llegado a la conclusión de que detrás del escritorio debía haber una mente obsesiva, magníficamente enferma, que impartía la vida y la muerte, un megalómano apenas sujetado. No es de extrañar que diez años atrás yo estuviera absolutamente intrigado por ver quién podía ser la secretaria «perfecta en todo sentido» de este perfeccionista maniático.

La llamé apenas regresé a mi departamento —una voz serena, alegre, educada— y acordamos por teléfono un primer encuentro. Cuando bajé a abrir la puerta me encontré con una chica alta, delgada, seria y aun así sonriente, de frente despejada y pelo castaño estirado hacia atrás con una cola de caballo. ¿Atractiva? Muy atractiva. Y terriblemente joven, con aspecto de estudiante universitaria en su primer año, recién salida de la ducha. Jeans y blusa suelta. Cintas de colores en una de las muñecas. Zapatillas con estrellas. Nos sonreímos en silencio dentro del espacio reducido del ascensor: dientes parejos, muy blancos, pelo todavía algo mojado en las puntas, perfume… Ya dentro de mi departamento, nos pusimos enseguida de acuerdo sobre dinero y horarios. Se había sentado con naturalidad en la silla giratoria delante de la computadora, había dejado a un lado su bolsito y hacía oscilar un poco la silla con sus largas piernas mientras hablábamos. Ojos castaños, una mirada inteligente, rápida, a veces risueña. Seria y aun así, sonriente.

Le dicté ese primer día durante dos horas seguidas.

Era atenta, segura, y por alguna clase de milagro adicional, no tenía faltas de ortografía. Sus manos, sobre el teclado, apenas parecían moverse; se había adaptado de inmediato a mi voz y a mi velocidad y nunca perdía el hilo. ¿Perfecta entonces en todo sentido? Yo, que estaba por llegar a los treinta, empezaba a mirar con una crueldad melancólica a las mujeres «hacia adelante» y no había podido evitar seguir tomando otros apuntes mentales. Había advertido que su pelo, que huía de la frente, era muy fino y quebradizo y que al mirar desde arriba su cabeza (porque le dictaba de pie), la raya en que se partía era algo demasiado ancha. Había advertido también que la línea bajo el mentón no era todo lo firme que podía esperarse y que la leve ondulación bajo la garganta amenazaba convertirse con los años en una papada. Y antes de que se sentara había notado que de la cintura hacia abajo sufría la típica asimetría argentina, la desproporción apenas insinuada, pero acechante, de unas caderas excesivas. Pero esto, de cualquier modo, ocurriría muchísimo más adelante, y su juventud por ahora se imponía y dominaba. Cuando abrí el primero de los cuadernos para dictarle enderezó la espalda contra el respaldo, y corroboré, con algo de desaliento, lo que había intuido en la primera ojeada: la blusa caía recta sobre un pecho liso, liso por completo, como una tábula rasa. ¿Pero no habría sido esto, acaso, un argumento conveniente para Kloster, quizá el decisivo? Kloster, acababa de saberlo, era casado, y difícilmente podría haber presentado a su mujer una nínfula de dieciocho años que tuviera además curvas rampantes. Pero sobre todo, si el escritor quería trabajar, sin distraerse, ¿no era el mejor arreglo posible asegurarse la gracia juvenil de esa cara, que podía admirar de perfil con serenidad todo el tiempo, y quitar de en medio la nota de inquietud sexual que significaría tener a la vista, también todo el tiempo, otro perfil más lleno de peligros? Me pregunté si Kloster habría hecho esta clase de cálculos, de secretas deliberaciones, me pregunté —como Pessoa— si solamente yo sería tan vil, vil en el sentido literal de la palabra, pero en todo caso, aprobaba su elección.

Sugerí en algún momento que hiciéramos café y se levantó de la silla con esa desenvoltura con que ya se había instalado en mi casa y dijo, señalando mi yeso, que lo prepararía ella, si le indicaba dónde estaba cada cosa. Comentó que Kloster no hacía otra cosa que tomar café (en realidad, no dijo Kloster, sino que lo llamó por su primer nombre, y yo me pregunté cuánta intimidad habría entre ellos) y que la primera instrucción que había recibido de él fue una lección sobre cómo prepararlo. No quise preguntar aquel primer día nada más sobre Kloster, porque me intrigaba lo suficiente como para dejar pasar algún tiempo, hasta que entráramos en confianza, pero sí me enteré, mientras ella buscaba tazas y platitos en la cocina, casi todo lo que sabría de Luciana. Estaba en efecto en la Universidad, en el primer año. Se había inscripto en Biología, pero quizá se cambiara a otra carrera al terminar el Ciclo Básico. Papá, mamá, un hermano mayor, en el último año de Medicina, una hermanita mucho menor, de siete años, que mencionó con una sonrisa ambigua, como si fuera una simpática molestia. Una abuela internada desde hacía un tiempo en un geriátrico. Un novio discretamente deslizado en la conversación, sin nombre, con el que salía desde hacía un año. ¿Habría llegado con este novio a todo? Hice un par de chistes algo cínicos y la escuché reír. Decidí que sí, sin ninguna duda. Había estudiado danzas, pero ya no, desde que estaba en la Universidad. Le había quedado en todo caso la postura erguida y algo de la posición de primera al enderezarse. Había viajado una vez a Inglaterra, por un intercambio estudiantil: una beca de su colegio bilingüe. En definitiva, pensé en aquel momento, una hija orgullosa y cara, una muestra acabada, perfectamente educada y pulida, de la clase media argentina, que salía a buscar trabajo bastante más temprano que sus amigas. Me preguntaba, pero no se lo preguntaría, por qué tan pronto, aunque quizá fuera sólo un signo de la madurez y de la independencia que aparentaba haber alcanzado. No parecía en ningún sentido necesitar la pequeña suma que habíamos acordado: estaba todavía bronceada por el sol de un largo verano en la casa junto al mar que sus padres tenían en Villa Gesell y solamente su bolsito, sin duda, costaba más que la vieja computadora mía que tenía delante.

Le dicté durante un par de horas más y sólo en un momento la vi hacer un gesto de cansancio: durante una de mis pausas inclinó la cabeza a un lado y después al otro y su cuello, su bonito cuello, sonó con un crujido seco. Cuando se cumplió su horario se puso de pie, recogió las tazas, las dejó lavadas sobre la pileta, y me dio un beso rápido en la mejilla al despedirse.

Ésa fue en adelante nuestra rutina: beso al llegar, su bolsito dejado, casi lanzado, a un costado del sofá, dos horas de dictado, un café y una breve conversación sonriente en el espacio estrecho de la cocina, dos horas más de dictado y en algún momento, infaltable, la oscilación, a medias dolorida, a medias seductora, a ambos costados de su cabeza y ese ruido seco y crujiente de vértebras. Empecé a conocer su ropa, las variantes de su cara, algún día más adormilada, los vaivenes de su pelo y sus hebillas, los signos cifrados del maquillaje. En una de estas mañanas iguales le pregunté por Kloster, cuando ya me interesaba mucho más ella que él, cuando empezó a parecerme también perfecta en todo sentido para mí, e imaginaba variantes improbables para quedármela. Pero Kloster, hasta donde pude ver, también era el jefe perfecto en todo sentido. Era muy considerado con sus días de exámenes, y me dejó saber, con delicadeza, que le pagaba casi el doble de lo que había acordado conmigo. ¿Pero cómo era él, el hombre, el misterioso Mr. K?, insistí. ¿Qué quería saber yo?, me preguntó desconcertada. Quería saber *todo*, por supuesto. ¿No sabía ella que los escritores éramos chismosos profesionales? Nadie lo conoce, le expliqué, no da entrevistas y hacía mucho que su foto había dejado de aparecer en la tapa de sus libros. Ella pareció sorprendida. Era cierto que lo había escuchado varias veces rechazar reportajes, pero nunca hubiera imaginado que podía haber algo misterioso en él: no parecía guardar ningún secreto. Tendría algo más de cuarenta años, era alto, delgado, había sido de joven un nadador de largas distancias, en su estudio había fotos de esa época y copas y medallas, todavía nadaba a veces por la noche hasta muy tarde en la pileta de un club cerca de su casa.

Había elegido con cuidado unas pocas palabras al describirlo, como si quisiera asegurar un tono neutro y yo me pregunté si lo encontraría interesante en algún sentido. Así que alto, delgado, gran espalda de nadador, recapitulé: ¿atractivo?, disparé. Ella rió, como si ya lo hubiera pensado y desestimado: no, no para mí, por lo menos, y agregó algo escandalizada: podría ser mi padre. Además, me dijo, era *muy* serio. Trabajaban también cuatro horas seguidas, todas las mañanas. Tenía una hijita muy linda, de cuatro años, que siempre le regalaba dibujos y quería adoptarla como hermana. Se quedaba a jugar sola en un cuarto de la planta baja junto al estudio mientras ellos trabajaban. La mujer nunca aparecía, aquello sí le parecía un pequeño misterio, ella apenas la había visto en un par de ocasiones. A veces le gritaba algo a la hija, o la llamaba desde la planta alta. Posiblemente fuera depresiva, o quizá tuviera alguna otra enfermedad, parecía pasar gran parte del día en la cama. Era él sobre todo el que se ocupaba de la hija, terminaban a tiempo para que pudiera llevarla al jardín. ¿Y cómo trabajaba? Le dictaba por las mañanas, como yo, sólo que se sumergía cada tanto en silencios eternos. Caminaba todo el tiempo, recorría la habitación como si estuviera enjaulado, de pronto estaba en un extremo del cuarto, de pronto lo tenía a sus espaldas. Y tomaba café, eso ya me lo había dicho. Al final del día no hacían más de media página. Corregía, corregía cada palabra, le hacía leer una y otra vez la misma frase. ¿Qué estaba escribiendo? ¿Una nueva novela? ¿Cuál era el tema? Era una novela, sí, sobre unos asesinos religiosos. Eso parecía hasta ahora, al menos. Incluso ella le había prestado una Biblia comentada que tenía su padre, para que cotejara una traducción. ¿Y qué pensaba de sí mismo? Qué quería decir yo con eso, me preguntó. Si se creía *superior*. Pensó un momento, como si tratara de recordar alguna circunstancia en particular, algún comentario, un desliz en una conversación. Nunca le escuché decir nada de sus propios libros, dudó, pero un día, cuando volvíamos por décima vez sobre la misma frase, me dijo que un escritor debía ser a la vez un escarabajo y Dios.

Al cabo de la primera semana, al pagarle, advertí en su forma de mirar los billetes, en la atención repentinamente concentrada, en su cuidado satisfecho al guardarlos, una intensidad, una oleada de interés, que me hizo verla, por un instante, bajo una luz imprevista y que en ese momento uní al comentario que me había hecho sobre lo que Kloster le pagaba y traduje para mí con sorpresa y algo de alarma: a la linda Luciana el dinero realmente le importaba.

¿Qué había pasado después? Pasaron… algunas cosas. Hubo una sucesión de días de mucho calor, un retorno inesperado del verano en pleno marzo, y Luciana reemplazó sus blusas por unas musculosas cortas que dejaban sus hombros al descubierto y también bastante de su estómago y de su espalda. Cuando se inclinaba para leer desde la pantalla yo podía ver el arco suave de su columna y en el hueco de la espalda que se separaba del pantalón, una espiral del ligero vello castaño, casi rubio, que se continuaba hacia adentro, donde asomaba —y podía verlo perfectamente— el triángulo diminuto, siempre perturbador, de la bombacha. ¿Lo hacía a propósito? Claro que no. Todo era inocente y nos mirábamos todavía con los mismos inocentes ojos y en el espacio estrecho de la cocina seguíamos como hasta entonces evitando con cuidado rozarnos. Pero era en todo caso un nuevo espectáculo muy agradable.

En uno de esos días calurosos, mientras me asomaba sobre su silla para revisar una frase en la pantalla, apoyé también con inocencia mi mano izquierda en el respaldo del asiento. Ella, que había separado la espalda hacia adelante, la hizo retroceder echándose hacia atrás y su hombro tocó y aprisionó suavemente mis dedos. Ninguno de los dos hizo el primer movimiento para separar el contacto —ese furtivo y aun así prolongado primer contacto— y durante un largo rato, hasta que hicimos el primer intervalo, le seguí dictando de pie, inmovilizado muy cerca de ella, mientras sentía a través de mis dedos, como una intensa señal intermitente, una corriente cálida y secreta, el calor de su piel que le bajaba del cuello a los hombros. Un par de días después empecé a dictarle la primera escena verdaderamente erótica de mi novela. Le pedí al terminar que me la leyera en voz alta, reemplacé algunas palabras por otras más crudas y le pedí que volviera a leer. Obedeció con la misma naturalidad de siempre, sin que notara en su voz, al pasar a través de los pasajes minados, ninguna turbación. Aun así, había quedado por obra y gracia de la evocación una ligera tensión sexual en el aire. Esperaba, le dije, por hacer algún comentario, que Kloster no la sometiera a dictados como éste. Me miró con despreocupación y algo de ironía: estaba acostumbrada, me dijo, Kloster le dictaba cosas mucho peores. Por una curiosa inflexión de su voz «peores» parecía querer decir *mejores*. Había quedado en su cara una semisonrisa, como si pensara en un recuerdo particular y tomé aquello como un desafío. Mientras le seguía dictando esperé con paciencia a que hiciera oscilar su cabeza y cuando oí por fin crujir su cuello deslicé mi mano por debajo de su pelo al hueco de las vértebras y oprimí entre mis dedos la articulación. Creo que la sobresaltó tanto como a mí este pasaje sin retorno de evitar por todos los medios tocarla a tocarla decididamente, aun cuando intenté que el movimiento tuviera un aire casual. Quedó inmóvil, con la respiración suspendida, las manos fuera del teclado, sin volver la cabeza para mirarme, y no pude decidir si esperaba algo más o algo menos.

—Cuando me saquen el yeso voy a hacerte un masaje —le dije y retiré la mano al borde de la silla.

—Cuando te saquen el yeso ya no vas a precisarme —me respondió, todavía sin darse vuelta, con una sonrisa nerviosa y ambigua, como si viera la posibili-

dad de escapar a tiempo pero no hubiera decidido todavía si quería escaparse.

—Siempre puedo volver a quebrarme —dije, y la
miré a los ojos. Ella desvió enseguida la mirada.

—No serviría: ya sabés que Kloster vuelve la semana próxima —dijo con imparcialidad, como si quisiera, suavemente, hacerme desistir. ¿O era otra barrera
que levantaba sólo para probarme?

—Kloster, Kloster —protesté—. ¿No es injusto
que Kloster lo tenga *todo*?

—No creo que tenga todo lo que quisiera tener
—dijo ella entonces.

Sólo dijo aquello, con el mismo tono ecuánime de
antes, pero había un toque enigmático de orgullo en
la voz. Creí entender lo que quería darme a entender.
Pero si se proponía consolarme, sólo había logrado
añadir un nuevo motivo de irritación. Entonces Kloster, el tan serio Kloster, también se había hecho al fin
y al cabo sus pequeñas ideas con la pequeña Luciana.
Por lo que acababa de oír, quizá incluso había intentado ya una primera jugada. Y Luciana, lejos de darle un
portazo, estaba por volver junto a él. Kloster, el nunca
más envidiado Kloster, aun si no había conseguido
hasta ahora demasiado de ella, tendría cada día una
oportunidad. Y seguramente a Luciana, junto con el
orgullo de rechazarlo, le daría también algo de orgullo
que él no dejara de intentar. ¿No estaba acaso todavía
en esa edad, a la salida de la adolescencia, en que las
mujeres quieren ensayar su atractivo hombre por
hombre?

Todo esto imaginé por esa leve inflexión de su voz, pero no logré que Luciana me dijera nada más. Cuando quise hacer la primera pregunta me dijo, enrojeciendo un poco, que sólo había querido decir lo que había dicho: que nadie, ni siquiera Kloster, podía tenerlo todo. Que intentara negarlo ahora era a su modo una nueva afirmación que, aunque no alcancé a seguir en sus implicaciones, logró desalentarme. En el silencio incómodo que se abría entre los dos me preguntó, casi como una imploración, si no deberíamos seguir con el dictado. Volví, algo humillado, a buscar en mi manuscrito la línea siguiente. Estaba sobre todo mortificado con mí mismo: me daba cuenta de que al insistir sobre Kloster había perdido quizá mi propia oportunidad. ¿Había tenido alguna? Me había parecido en el primer contacto que sí, a pesar de su repentina rigidez. Pero ahora, mientras le dictaba, todo se había desvanecido, como si deliberadamente cada uno volviera a un casillero anterior de civilizada distancia. Y sin embargo, al recoger su bolso antes de irse, sus ojos me buscaron en un destello, como si quisiera cerciorarse de algo, o recobrar, ella también, un rastro de ese contacto interrumpido, y esa mirada sólo logró desconcertarme otra vez, porque tanto podía significar que no me guardaba rencor pero prefería olvidar lo ocurrido, o bien que la puerta, a pesar de todo, no estaba definitivamente cerrada.

Esperé con impaciencia a que transcurriera el día. El mes había pasado demasiado rápido y me daba cuenta de que apenas quedaban un par de días para que Luciana desapareciera de mi vida. Cuando le abrí a la mañana siguiente vigilé si algo en su cara o su apariencia había cambiado desde el día anterior, si había intentado algo más de maquillaje, o algo menos de ropa, pero si en algo parecía haberse esforzado —y lo había conseguido— era en verse igual que siempre. Y sin embargo, nada era igual que siempre. Ocupamos nuestros lugares y empecé a dictarle el último capítulo de la novela. Me preguntaba si la inminencia del final no removería también algo en ella, pero como si estuviéramos aplicados en representar con la mayor concentración un papel, los dedos, la cabeza, toda la atención de Luciana parecían sólo puestos en seguir mi voz. A medida que avanzaba la mañana, me di cuenta, yo estaba pendiente de un único movimiento. Extraña disgregación. Aunque no dejaba de registrar lo que veía siempre: el hueco que dejaba la espalda hacia la línea de la bombacha, el ceño seductoramente fruncido, la punta de los dientes que mordían cada tanto el labio, el vaivén del hombro al despegarse del respaldo, todo parecía curiosamente lejano y sólo aparecía ante mí, con una fijeza desorbitada, la base de su nuca. Aguardaba, con la atención patética de un perro de Pavlov, el momento en que ella haría oscilar el cuello. Pero la señal no llegó, como si también ella se hubiera vuelto conciente del poder, o del peligro, de ese mínimo crujido. Esperé con incredulidad, y luego casi con la sensación de haber sido estafado, hasta último momento, pero su cuello, su bonito y caprichoso cuello, permaneció tercamente inmóvil, y debí dejar ir ese día.

La mañana siguiente era la última y cuando Luciana llegó y arrojó su bolsito a un costado me pareció simplemente inconcebible pensar que ya no la tendría conmigo y que todas esas pequeñas rutinas desaparecerían. Pasaron, exasperantes, las dos primeras horas. En una pausa del dictado Luciana se levantó para preparar café en la cocina. También aquello transcurría por última vez. Fui detrás de ella e hice el comentario entre irónico y derrotado de que la semana próxima volverían a dictarle buenas novelas. Le conté lo que me había advertido Campari al darme su teléfono, que debía devolverla intacta, y agregué que a mi pesar había cumplido. Nada de esto logró arrancarle más que una sonrisa incómoda. Volvimos al trabajo; sólo me quedaba dictarle las páginas del epílogo. Pensé con amargura que quizá termináramos ese día incluso un poco antes. En una de las páginas finales figuraba el nombre en alemán de una calle y Luciana, después de escribirlo, quiso que yo corroborara que no había cometido errores. Me asomé sobre su hombro para mirar la pantalla, como había hecho tantas veces durante ese tiempo, y volvió a envolverme el olor a perfume de su pelo. Entonces, cuando mi mano estaba por retirarse otra vez del respaldo de la silla, como un llamado demorado que había dejado de esperar, inclinó la cabeza casi hasta rozarme antes de volcarla hacia el otro lado. Escuché el crujido de su cuello y avancé, como si fuera la continuación de la primera vez, mi mano por debajo de su pelo hasta llegar a la cavidad de la articulación. Ella emitió un suspiro entrecortado y echó hacia atrás la cabeza en el respaldo para ceder al contacto. Su cara giró hacia mí, expectante. La besé una vez. Sus ojos se cerraron y luego volvieron a entreabrirse. La besé más profundamente y pasé mi mano izquierda debajo de su camiseta. El yeso en mi mano derecha me impedía abrazarla y ella hizo retroceder un poco la silla giratoria y se liberó de mí sin dificultad.

—¿Qué pasa? —pregunté, sorprendido y extendí mi mano, pero algo pareció retraerse en ella y me detuve a mitad de camino.

—¿Qué pasa? —se sonrió entre nerviosa y divertida mientras se arreglaba el pelo—. Que tengo un novio, eso pasa.

—Pero también lo tenías hace diez segundos —dije, sin entender del todo.

—Hace diez segundos… me olvidé por un momento.

—¿Y ahora?

—Ahora volví a acordarme.

—¿Qué fue entonces? ¿Un rapto de amnesia?

—No sé —dijo, y alzó la mirada como si no valiera la pena darle tanta importancia—. Parecía algo que vos querías tanto.

—Ah —dije herido—. Solamente *yo* quería.

—No —dijo, confusa—. Yo también sentía… curiosidad. Y parecías tan celoso de Kloster.

—¿Qué tiene que ver Kloster ahora? —dije, verdaderamente irritado. Competir contra dos hombres a la vez ya me parecía demasiado.

Ella pareció arrepentirse de haberlo mencionado. Me miró alarmada, supongo que porque era la primera vez que me escuchaba alzar la voz.

—No, no tiene nada que ver —dijo, como si pudiera retirarlo todo—. Creo que sólo quería que ocurriera algo para que me recordaras.

Aquella clase de trucos, pensé con decepción, también ya los había aprendido: me miraba con los ojos muy abiertos y apenados y parecía estar a la vez mintiendo y diciéndome la verdad.

—No tengas dudas de que te voy a recordar —le dije humillado, y traté de recobrar algo de mi orgullo maltrecho—. Es la primera vez que me dan un beso por compasión.

—¿Podemos terminar, por favor? —suplicó ella y volvió a aproximar la silla al escritorio con cautela, como si temiera alguna clase de represalia.

—Claro que sí: terminemos —dije.

Le dicté las dos páginas que quedaban y cuando recogió su bolsito para irse le extendí en silencio los billetes con el pago de esa semana. Por primera vez los guardó sin mirarlos, como si quisiera huir lo más rápido posible.

Ésa había sido, diez años atrás, la última vez que había visto a Luciana, cuando no era más que otra chica lindísima, resuelta y despreocupada, que ensayaba los primeros juegos de seducción y nada de vida o muerte parecía amenazarla.

Y cuando sonó, cinco minutos antes de las cuatro, el timbre del portero eléctrico, mientras miraba al bajar, en el espejo del ascensor, mi cara excavada por los años, no podía evitar preguntarme qué encontraría de ella al abrir la puerta.

DOS

Nada hubiera podido prepararme, sin embargo, para la impresión que recibí al verla. Era ella, sí, todavía Luciana, tuve que reconocer, aunque por un instante sentí que había una terrible equivocación. La terrible equivocación del tiempo. La venganza más cruel contra una mujer —lo había escrito Kloster— era dejar pasar diez años para volver a mirarla.

Podría decir que había engordado, pero eso era apenas una parte. Quizá lo más espantoso era ver cómo intentaba aflorar por los ojos la antigua cara que había conocido, como si quisiera buscarme desde un pasado remoto, hundido en el sumidero de los años. Me sonrió con algo de desesperación, para poner a prueba si podía contar aunque más no fuera con una parte de la atracción que había tenido sobre mí. Pero esa sonrisa equívoca duró apenas una fracción de segundo, como si también ella fuera conciente de que en una serie de amputaciones implacables había perdido todos sus encantos. Los peores presagios que yo había imaginado para su cuerpo se habían cumplido. La línea del cuello, el cuello terso que había llegado a obsesionarme, se había engrosado, y debajo del mentón tenía un abultamiento irremediable. Los ojos que antes eran chispeantes, ahora estaban empequeñecidos y abotargados. La boca se curvaba hacia abajo en una línea de amargura, y parecía que en mucho tiempo nada la hubiera hecho sonreír. Pero lo más atroz había ocurrido sin duda en su pelo. Como si hubiera sufrido alguna enfermedad nerviosa, o se los hubiera arrancado en accesos de desesperación, todo un sector había desaparecido de su frente y sobre la oreja, donde estaba más ralo, se dejaban ver, como horribles costurones, partes grisáceas del cráneo. Creo que mi mirada se detuvo un instante más de lo debido con incredulidad horrorizada en esos despojos lacios y ella se llevó una mano sobre la oreja para ocultarlos, pero la dejó caer a mitad de camino, como si el daño fuera demasiado grande para disimularlo.

—Esto también se lo debo a Kloster —dijo.

Se había sentado en la silla giratoria de siempre y miró alrededor, creo que algo sorprendida de que aquel lugar hubiese cambiado tan poco.

—Es increíble —dijo, como si constatara una injusticia, pero a la vez, como si hubiera encontrado un refugio intacto e inesperado del pasado—. Nada cambió aquí. Hasta conservaste esa horrible alfombrita gris. Y vos… —me miró casi acusadoramente—. También estás igual que siempre. Apenas un par de canas. Ni siquiera engordaste: estoy segura de que si voy a la cocina, las alacenas están vacías y sólo encuentro café.

Supongo que era mi turno para decirle a mi vez algo amable, pero lo dejé pasar, sin encontrar las palabras, y creo que ese silencio la lastimó más que cualquier mentira.

—Entonces —me dijo, con una sonrisa irónica y desagradable—: ¿no querés saber nada de mí? ¿No querés preguntarme por mi novio? —dijo, como si me propusiera alguna clase de juego.

—¿Qué pasó con tu novio? —pregunté automáticamente.

—Está muerto —dijo y antes de que yo pudiera contestar nada, me miró con fijeza, reteniendo mi mirada, como si le tocara mover a ella otra vez—. ¿No querés preguntarme por mis padres?

No dije nada y ella volvió a pronunciar con el mismo acento casi desafiante.

—Están muertos. ¿No querés preguntarme por mi hermano mayor? Está muerto.

Su labio inferior tembló un poco.

—Muertos, muertos, muertos. Uno tras otro. *Y nadie se entera*. Al principio ni siquiera yo me había dado cuenta.

—¿Querés decir que alguien los mató?

—*Kloster* —pronunció en un susurro aterrado, inclinando la cabeza hacia mí, como si alguien más pudiera escucharnos—. Y no se detuvo todavía. Lo hace lentamente: ése es el secreto. Deja pasar los años.

—Kloster está matando a todos tus familiares… sin

que nadie se entere —repetí con cautela, como quien sigue la corriente a una persona extraviada.

Ella asintió con seriedad, sin dejar de mirarme a los ojos, a la espera de mi próxima reacción, como si lo más importante ya estuviera dicho, y se hubiera puesto en mis manos. Pensé, naturalmente, que había sufrido alguna clase de trastorno mental por una sucesión de muertes desgraciadas. Kloster había adquirido en los últimos años una fama casi obscena: era imposible abrir los diarios sin encontrar su nombre. No había otro escritor más requerido, más omnipresente, más celebrado. Kloster podía figurar a la vez como jurado de un concurso literario o a la cabeza de una solicitada, como representante en un congreso internacional o como invitado de honor de una embajada. En esos diez años se había convertido de autor secreto en un hombre público, casi en una marca. Sus libros se vendían en toda clase de formatos, desde los Kloster de bolsillo hasta los de tapa dura en ediciones de lujo para regalos empresariales. Y aunque había vuelto a tener una cara, que aparecía en fotos bien estudiadas, hacía tiempo que yo había dejado de pensar en él como un hombre, como una persona de carne y hueso: se había desvanecido para mí en un nombre abstracto que flotaba en librerías, en afiches, en titulares. Kloster tenía en todo caso la existencia inasible y febril de una celebridad: no parecía descansar un minuto entre las giras por sus libros y la serie incesante de sus otras actividades. Y esto sin contar las horas que debía dedicar a escribir, porque sus libros seguían apareciendo uno tras otro con una frecuencia imperturbable. La posibilidad de que Kloster tuviera algo que ver con crímenes reales me parecía tan extravagante como si se los hubiera atribuido al Papa.

—¿Pero Kloster? —solté sin querer, y aún sin salir de mi sorpresa—, ¿le queda tiempo para planear asesinatos?

Pensé, demasiado tarde, que aquello debió sonarle como una ironía y que tal vez, sin darme cuenta, la había lastimado. Pero Luciana me respondió como si acabara de darle una prueba decisiva a su favor.

—Justamente: ésa es parte de su estrategia. Que nadie lo crea posible. Cuando nos conocimos me decías de él que era un escritor secreto. En esa época despreciaba todo lo que tuviera que ver con la exposición pública, yo misma lo escuché rechazar cien veces reportajes. Pero en estos años buscó deliberadamente esa fama, porque ahora la necesita. Es su pantalla perfecta. La *necesitaría*, si alguien quisiera investigar —dijo con amargura—, si alguien estuviera dispuesto a creerme.

—Pero ¿qué motivo podría tener Kloster…?

—*No sé*. Eso es lo más desesperante. Aunque con el tiempo… me formé una idea. Lo único que podría darle sentido a todo. En realidad, hay un motivo: una demanda que le inicié cuando volví a trabajar con él. Pero visto a la distancia fue algo menor. Ni siquiera llegamos a la instancia del juicio. No puedo creer que todavía se esté vengando: es algo terriblemente desproporcionado. Cuanto más lo pienso menos puedo creer que sea la verdadera causa.

—¿Una demanda contra Kloster? Yo pensaba que era el jefe perfecto, la última vez que te vi parecías contenta de volver a trabajar con él. ¿Qué pasó desde entonces?

La cafetera que había dejado sobre la hornalla empezó a crepitar. Fui hasta la cocina, volví con dos tazas de café y esperé a que ella se sirviera el azúcar. Revolvió con la cucharita de una manera interminable, como si intentara ordenar sus pensamientos. O quizá, estuviera midiendo hasta dónde contarme.

—¿Qué pasó? Desde hace años que me pregunto cada día qué pasó *exactamente*. Es como si fuera una pesadilla: puedo contar cada cosa por separado y sólo parecería una cadena de desgracias. Pero todo empezó después de ese viaje, cuando volví a trabajar con él. El primer día estaba de buen humor. Me preguntó en un descanso, mientras preparaba el café, qué había hecho yo durante aquel mes que él no había estado. Le conté, sin ni siquiera detenerme a pensarlo, que había trabajado con vos. Al principio parecía solamente intrigado: quiso saber quién eras, y de qué trataba la novela que me habías dictado. Creo que te conocía un poco, o fingió conocerte. Le conté que te habías fracturado la mano. No era más que una conversación casual pero me pareció percibir de pronto por el tono de la voz y algo en la insistencia de las preguntas que parecía absolutamente celoso, como si diera por sentado que había pasado algo entre nosotros. Creo que varias veces estuvo a punto de preguntármelo de una manera directa. Y en los días siguientes cada tanto volvía a rondar de una u otra manera sobre ese mes en blanco. Incluso leyó uno de tus libros y volvió otra vez a sacarme el tema para burlarse de lo que escribías. Yo nunca decía nada y eso sólo parecía irritarlo más. Pero una semana después cambió de estrategia. Estuvo silencioso como nunca; apenas me hablaba y creí que estaba pensando en echarme.

—Era lo que yo imaginaba —dije—: estaba enamorado de vos.

—Esos días fueron los más difíciles. No me dictaba una palabra y sólo caminaba alrededor del cuarto, como si estuviera decidiendo otra cosa que no tenía nada que ver con su novela. Algo que tenía que ver conmigo. Y de pronto, una mañana, empezó a dictarme otra vez de manera normal, como si nada hubiera ocurrido. En realidad, no del todo normal: parecía como si tuviera un rapto de inspiración, como si estuviera poseído. Siempre me había dictado hasta entonces a lo sumo uno o dos párrafos por día y volvía a corregirlos maniáticamente, línea por línea. Pero ese día me dictó de corrido una escena larga y bastante horrorosa: una sucesión de crímenes, un degollamiento de esta secta de asesinos religiosos. Parecía transfigurado, nunca me había dictado tan rápido, yo a duras penas podía seguir el hilo. Pero pensé que todo volvía a estar bien. Me importaba mucho en esa época trabajar y estaba bastante angustiada por la posibilidad de que él quisiera despedirme. Me dictó a ese ritmo durante casi dos horas y a medida que avanzábamos parecía ponerse cada vez de mejor humor. Incluso, cuando me detuve para ir a preparar más café, hizo por primera vez en ese tiempo un par de chistes. Me puse de pie y sentí al enderezarme que el cuello se me había entumecido. Yo tenía en ese tiempo un problema cervical —me dijo, como si fuera una explicación demorada y quisiera probarme ahora su inocencia.

—Sí: me acuerdo muy bien —dije secamente—. Aunque siempre sospeché un poco de tus dolores de cuello.

—Pero los *tenía* —dijo, como si le importara más que nunca que le creyera. Hubo un silencio, su mirada se desvió hacia la ventana y quedó algo perdida, como si todavía pudiera ver a través de los años la escena detenida en el tiempo—. Yo había quedado de espaldas a él y cuando hice sonar el cuello sentí que uno de sus brazos me rodeaba desde atrás. Me di vuelta y él… trató de besarme. Hice un primer movimiento para liberarme pero me tenía aprisionada por el cuello y no pareció registrarlo, como si no alcanzara a entender que me estuviera resistiendo. Entonces grité. No demasiado, sólo quería que me soltara. En realidad yo estaba más sorprendida que escandalizada. Como te dije esa vez que me preguntaste: para mí era como si fuera mi padre. Él se quedó paralizado. Creo que recién entonces advirtió lo que había hecho y las consecuencias… Su mujer, aunque estaba en el piso de arriba, quizá me hubiera oído. Golpearon a la puerta. Él fue a abrir; estaba muy pálido. Era Pauli, su hijita. Había escuchado el grito y preguntó mirando hacia mí qué me había pasado. Él le dijo que no se preocupara, que yo había visto una cucaracha, y le pidió que volviera a jugar a su cuarto. Quedamos otra vez solos. Yo había recogido mis cosas y le dije que no pisaría nunca más esa casa. Estaba muy nerviosa; no podía evitar que se me cayeran las lágrimas y eso me enfurecía más. Él me pidió que lo olvidáramos todo. Me dijo que había sido una terrible equivocación, pero que en todo caso no toda la culpa era suya porque yo le había dado *señales*. Y dijo algo todavía más hiriente... como si diera por sentado que yo me había acostado con vos. Eso me sacó completamente de quicio. Pude ver en ese momento, con claridad perfecta, lo que le había pasado por la cabeza. Antes de su viaje él me adoraba. Me lo había dejado saber de esa manera muda que tienen los hombres, pero creo que jamás se le hubiera ocurrido tocarme. Desde que había regresado, en cambio, me consideraba poco menos que una puta, con la que también él podía tirarse un lance. Volví a gritarle y creo que ya no me importaba que su mujer pudiera escucharme. Él se acercó como si quisiera hacerme callar y le dije que si me tocaba otra vez le haría un juicio. Volvió a pedirme disculpas y quiso tranquilizarme por todos los medios. Abrió la puerta y se ofreció a pagarme los días que había trabajado durante ese mes. Yo sólo quería irme cuanto antes de ahí. Cuando salí a la calle me eché a llorar: ése había sido mi primer trabajo y yo había llegado a confiar absolutamente en él. Llegué a mi casa más temprano que de costumbre y mi madre se dio cuenta de inmediato de que había estado llorando. Tuve que contarle.

Alzó la taza de café con una mano temblorosa y tomó un sorbo. Parecía haber quedado por un momento perdida en el recuerdo, con los ojos sumidos en la taza.

—¿Y qué te dijo ella? —pregunté.

—Sólo me preguntó si yo lo había provocado de alguna manera. A ella la habían despedido de su empresa, ése fue en realidad el motivo por el que yo había empezado a trabajar, y ahora estábamos las dos sin trabajo. Su abogada laboral había ganado el juicio por indemnización y mi madre me dijo que iríamos a verla juntas porque no podíamos dejar que aquello quedara así. Acordamos que no le diríamos nada a mi padre hasta que todo terminara. Fuimos al estudio de la abogada ese mismo día. Una mujer terrible. Me daba miedo *a mí*. Gorda, enorme, con los ojitos achinados, rebalsaba detrás de su escritorio. Parecía el matón de un sindicato. Odiaba a los hombres, nos dijo que tenía una cruzada personal contra ellos y que nada la hacía más feliz que poder despedazarlos. Me llamaba m'hijita. Me pidió que le contara todo y se lamentó de que él no hubiera estado un poco más insistente y que hubiéramos tenido ese único episodio. Me preguntó si me habían quedado marcas o magullones del forcejeo. Tuve que decirle que no hubo en realidad ninguna clase de violencia. Me dijo que no podríamos demandarlo por acoso sexual pero que de alguna manera se las arreglaría e incluiría la palabrita al principio de la demanda, para ponerlo nervioso. El juicio, me explicó, derivaría finalmente en una demanda laboral por

los aportes sociales y de jubilación que él no me pagaba. Lo que había ocurrido entre nosotros había sido
adentro de un cuarto cerrado, sin testigos: sería la palabra de él contra la mía y por esa línea no podríamos
avanzar demasiado. Me preguntó si él estaba casado y
cuando le dije que sí pareció más contenta que nunca: me dijo que los casados eran los más asustadizos y
que sólo teníamos que pensar en la cifra que le sacaría-
mos. Hizo en una calculadora la suma de lo que debía pagarme de acuerdo con la ley y le agregó lo que
correspondía a una indemnización. Era una cantidad
que me pareció fabulosa, más de lo que había ganado
en todo ese año de trabajo. Me dictó para que escri-
biera con mi letra el texto de una carta documento.
Yo le pregunté si no podíamos cambiar en el encabe-
zamiento la fórmula de acoso sexual por otra más leve. Me dijo que de ahora en más tenía que hacerme a
la idea de que él era mi enemigo y que de todos modos él rechazaría todo lo que le estábamos imputando.
Fui sola hasta el Correo. Mientras esperaba en la cola
tuve el presentimiento de que estaba por poner en
marcha algo que tendría consecuencias irreparables,
que aquella carta tenía un poder destructivo, retorcido
y oculto. Nunca en mi vida me había sentido así, como si estuviera por disparar un arma. Sabía que de un
modo u otro le haría un *daño*, más allá del dinero que
debiera pagarme. Estuve a punto de retroceder y creo
que si hubiera dejado pasar un día, no la habría enviado. Pero ya había llegado hasta ahí y todavía me sentía
humillada. Me parecía terriblemente injusto que me

hubiera quedado sin mi trabajo, cuando siempre había sido impecable con él. Hasta cierto punto me parecía correcto que él debiera pagar con algo.

—Así que enviaste la carta documento.

—Sí.

Su mirada estaba perdida otra vez. No había tomado más que aquel primer sorbo de su café y había dejado la taza a un costado. Me preguntó si podía encender un cigarrillo. Le alcancé un cenicero de la cocina y esperé a que volviera a hablar, pero el humo sólo parecía llevarla más adentro de sí, a un pliegue oscuro de su memoria.

—Enviaste la carta... ¿y qué ocurrió?

—Nunca contestó esa primera carta. Me llegó el aviso de retorno: la había recibido, la había leído, pero no hubo ninguna respuesta. Cuando había pasado casi un mes mi madre se decidió a llamar a la abogada. Mucho mejor para nosotras, le dijo ella: o bien todavía no nos tomaba en serio, o bien estaba muy mal asesorado. Pero yo tuve, otra vez, un mal presentimiento. Había trabajado durante casi un año con él. Una vez me preguntaste cómo era. Creía en ese momento que era el hombre más inteligente que iría a conocer nunca, pero a la vez había algo en él que a veces parecía a punto de emerger, algo siniestro, implacable. La última persona que quisiera tener enfrente como enemigo. Lo que yo presentía es que aquella carta había sido una declaración de guerra y que vería aparecer contra mí lo peor de él. Estaba asustada por lo que había hecho y empecé a tener algunas ideas... persecutorias.

Después de todo, él tenía mi dirección, mi teléfono. Habíamos llegado a tener cierta familiaridad, sabía muchísimas cosas de mí. Pensé que quizá no respondiera a la carta documento porque estaba planeando otra clase de respuesta, una venganza personal. Pero la abogada volvió a tranquilizarme. Si él era verdaderamente inteligente y estaba casado, me dijo, haría lo único que podía hacer: pagar. Y cuanto más demorara en contestarnos, más aumentaría la cuenta. Me dictó una segunda carta documento, idéntica a la primera, pero con una suma todavía mayor, porque reclamábamos también el sueldo que correspondía a aquel mes sin contestación. Esto pareció tener efecto inmediato. Recibimos su primera respuesta, escrita evidentemente por otro abogado. Rechazaba todo. Era una lista de negaciones. Rechazaba incluso que yo hubiera trabajado alguna vez para él o que me conociera. La abogada dijo que no debía preocuparme. Era la respuesta legal típica, sólo significaba que Kloster había entendido que las cosas iban en serio y se había buscado un abogado. Ahora debíamos esperar la primera audiencia de conciliación y pensar cuál era la suma con la que nos bajaríamos de la demanda. Yo me tranquilicé; finalmente todo parecía casi un trámite impersonal, burocrático.

—Así que fuiste a la audiencia de conciliación.

Luciana asintió con la cabeza.

—Le pedí a mi madre que me acompañara porque temía un poco volver a enfrentarme con él. Pasaron diez minutos de la hora fijada y Kloster no aparecía. La abogada nos dijo por lo bajo, como si fuera una pequeña maldad divertida, que debía estar ocupado en otro juicio más importante: el de divorcio. Nos contó entonces que una colega amiga de ella representaba a la esposa de Kloster. Aparentemente la mujer de Kloster había leído la carta documento que enviamos, con esa primera línea del acoso sexual, y había decidido separarse de inmediato. Habían presentado una demanda millonaria. Y su amiga sí que era malísima, nos dijo la abogada: Kloster quedaría en la calle. Yo escuchaba todo esto petrificada: era algo que ni siquiera había pensado que podía ocurrir. Pasaron otros cinco minutos y apareció por fin el abogado de Kloster, un hombre que parecía tranquilo y civilizado. Dijo que tenía instrucciones para ofrecernos dos meses de sueldo por toda indemnización. Mi abogada rechazó aquello de plano, sin ni siquiera consultarme, y se fijó la segunda audiencia de conciliación para un mes más adelante. Eso daría a todos, dijo la mediadora, un tiempo para reflexionar y tratar de acercar posiciones. Cuando salimos le pregunté a mi madre si no deberíamos desistir de todo el asunto. Yo no había querido que las cosas llegaran tan lejos: nunca me hubiera imaginado que terminaría por destruir su matrimonio. Mi madre se enojó conmigo: no podía entender que ahora yo me compadeciera de él. Evidentemente ese matrimonio estaba destruido desde mucho antes si él había intentado aquello conmigo. No dije nada más: en realidad, más que arrepentida, yo estaba asustada. Mis peores presentimientos se estaban cumpliendo. Visto a la distancia, él sólo había querido darme un beso. Había algo desproporcionado en las consecuencias, algo fuera de control. A medida que pasaban los días estaba cada vez más intranquila: sólo quería llegar a la próxima audiencia y que terminara todo. Estaba dispuesta a enfrentar a mi madre y a mi propia abogada para que aceptáramos cualquier nueva propuesta que nos hicieran. Un día antes de la fecha me llamó la mediadora: quería avisarme que deberíamos posponer una semana la audiencia. Le pregunté, fastidiada, por qué. Me dijo que era a solicitud de la otra parte. Pregunté si ellos podían cambiar por su cuenta las fechas. Me dijo que sí, en un caso extremo, y bajó la voz. *Había muerto la hijita de Kloster.* Yo no podía creerlo y a la vez, extrañamente, sí lo creí, y lo acepté, en toda su desolación, como si fuera la consecuencia lógica, final, como si esto fuera lo que en realidad había empezado a ocurrir cuando envié la carta. Creo que quedé enmudecida por un rato en el teléfono hasta que logré preguntarle cómo había sido. La mediadora no sabía más que lo que le había dicho el abogado de él: aparentemente un accidente doméstico. Cuando colgué fui a mi escritorio, a buscar los dibujos que Pauli me había regalado. Había dibujado a su papá enorme y a mí en una sillita. La computadora era un cuadrado y debajo había firmado con su nombre, que lo había aprendido a escribir en esos días. En el segundo dibujo había una puerta abierta, con el papá que se asomaba lejos y chiquito en el aire y ella y yo estábamos de la mano, casi de la misma altura, como si fuéramos hermanitas. Eran unos dibujos alegres, desprevenidos de todo. Y ahora estaba muerta. Lloré durante el resto de la tarde. Creo que en realidad ya lloraba también por mí. Aunque todavía no sabía cuándo ni de qué modo presentía que aquello no quedaría así y que algo horrible iba a pasarme.

—Pero ¿por qué? Si fue un accidente, ¿por qué debería hacerte a vos responsable?

—No sé. No sé exactamente por qué. Pero lo sentí así desde un principio y creo, sobre todo, que también él lo sintió así. Es la única explicación que se me ocurre para todo lo que ocurrió después.

Hizo una pausa y prendió un segundo cigarrillo tembloroso.

—Fuiste, entonces, a la segunda audiencia —dije yo.

Asintió con la cabeza.

—Llegamos otra vez nosotras primero y nos hicieron pasar a la sala de mediaciones. Esperamos unos minutos. Yo creía que Kloster enviaría de nuevo a su abogado. Pero cuando la puerta se abrió lo vimos aparecer a él. Estaba solo. Su cara se había transformado de una manera impresionante, como si él también hubiera muerto junto con su hija. Había adelgazado muchísimo y parecía no haber dormido en varios días. Tenía los ojos enrojecidos y las mejillas cavadas. Estaba increíblemente pálido, como si se le hubiera retirado toda la sangre del cuerpo. Y aun así, parecía entero y resuelto, como si tuviera una misión que cumplir y no pudiera perder allí demasiado tiempo. Traía un libro bajo el brazo que reconocí de inmediato. Era la Biblia anotada de mi padre que yo le había prestado. Atravesó la sala y vino derecho hacia mí. Mi madre hizo un movimiento en la silla, como si fuera a protegerme. Creo que él ni siquiera la registró: no miraba a nadie más que a mí, con una mirada terrible, que todavía veo cada noche. Me hacía responsable, sí, sin ninguna duda. Se detuvo delante de mi silla y me extendió la Biblia, sin decirme nada. Yo la guardé rápidamente en mi bolso y él se dio vuelta, hacia la mediadora, y le preguntó a cuánto ascendía la demanda. Cuando escuchó la cifra sacó una chequera del bolsillo y la abrió sobre el escritorio. La mediadora empezó a decirle que, por supuesto, podía hacer una contrapropuesta, pero él la detuvo con una mano, como si no quisiera escuchar ni una palabra más sobre aquel asunto. Escribió tres cheques, uno para mí con el total de la suma que habíamos reclamado, y otros dos con los honorarios de la mediadora y de mi abogada. Yo firmé un escrito en el que daba por concluida la demanda. Él recogió su copia, se dio vuelta sin mirar a nadie y se fue. Todo duró en total no más de diez minutos. La mediadora apenas podía creerlo: era la primera vez que cerraba un caso así.

—¿Qué pasó después?

—Después… volví a mi casa, saqué la Biblia del bolso y la puse en un estante sobre mi escritorio, junto con mis libros de la facultad. Era una Biblia que mi padre ya no usaba, yo se la había prestado a Kloster varios meses atrás, ni siquiera me acordaba de esto. En realidad, cuando volví a pensar sobre la audiencia, se me ocurrió que había sido una excusa para acercarse hasta mí y mirarme de aquel modo. Esa mirada era algo que no podía borrarme y tuve pesadillas durante los días siguientes. Soñaba que la hijita de Kloster quería darme la mano para que jugara con ella. Y que me decía, como cuando estaba viva, que no quería quedarse sola en el cuarto de al lado. Abrí una cuenta en el banco y deposité el cheque, pero pasaron los días y no me decidía a tocar ese dinero. Pensé durante un tiempo en donarlo a una institución benéfica, pero tenía un temor supersticioso de tocarlo, aun para algo así, como si pudiera mantener las cosas quietas, detenidas, de ese modo. Creía que apenas retirara la mínima parte se desencadenarían las represalias. Empecé a obsesionarme con la idea de que Kloster estaba tramando algo terrible contra mí. Por eso había condescendido a darnos el dinero sin ninguna discusión. Llegué a hablar con mi novio sobre algo de esto, aunque nunca le conté que Kloster había querido besarme. Sólo le dije que habíamos tenido un juicio laboral, que él había perdido mucho dinero y que temía que se tomara una venganza contra mí de algún modo. En esos días Kloster publicó una novela. No era la que me estaba dictando, sino otra que había terminado antes de que yo empezara a trabajar con él. La que había corregido en su viaje a Italia.

—*El día del muerto*. Me acuerdo perfectamente. Salió a la par de la que te dictaba yo. Fue el primer gran éxito de Kloster.

—Yo recuerdo que se convirtió muy pronto en

uno de los libros más vendidos, encabezaba las listas en los diarios, estaba en todas las vidrieras, lo veía incluso en las góndolas del supermercado. Cada vez que pasaba por una librería me hacía acordar con un estremecimiento de su nombre. Para tranquilizarme, mi novio me dijo que Kloster debía haber recuperado mucho más de esa suma y ya se habría olvidado de mí. Pero yo empecé a notar otra cosa.

—¿Qué?

—Lo que hablábamos antes. Hasta entonces, y vos me lo habías hecho notar a mí, Kloster era un escritor que odiaba aparecer en público. Y de pronto, empezó a convertirse en alguien *famoso*. Como si buscara a propósito aparecer en todos lados, todo el tiempo.

—Quizá tuvo que ver con que se quedó solo.

—Sí, yo también pensé al principio algo así, que estaba buscando consuelo en esa ola de reconocimiento, y ocupar el tiempo de cualquier modo para olvidar la muerte de su hija. Pero aun así, era algo totalmente contrario a su naturaleza. Esto me hizo sospechar que formaba parte de otro plan. De todas maneras, me dejé convencer por mi novio de que Kloster estaba demasiado ocupado con su libro como para volver a pensar en mí. Ese año Ramiro había terminado su carrera de Instrucción Física y había conseguido que lo contrataran como guardavidas en una de las playas de Villa Gesell. Antes de que empezara la temporada quería hacer un viaje a México. Era algo que hacía tiempo estaba planeando y me preguntó si quería acompañarlo, para olvidarme de todo aquel asunto.

Me pareció que podía ser una buena idea y usé en el viaje una parte del dinero de la indemnización. Nos demoramos visitando pueblitos casi un mes más de lo que habíamos previsto y volvimos a principios de diciembre, para la fecha en que él debía presentarse a trabajar. Yo me quedé en Buenos Aires para rendir mis finales pero mis padres, con Valentina y Bruno, ya estaban también en Gesell y apenas terminé con todo tomé uno de los micros nocturnos. Quería darle una sorpresa a Ramiro y fui desde la terminal directamente a su parador para desayunar con él. Nos sentamos en el barcito de la playa. Era temprano; no había demasiada gente todavía y cuando miré a mi alrededor vi en una de las mesas vecinas a un hombre con short de baño, ojotas y el torso ya bronceado, como si hubiera llegado varios días antes. Casi di un grito al reconocerlo. Era Kloster. Tomaba un café y leía el diario y fingía no verme, aunque estaba apenas a unos metros de distancia.

—¿Y no podía ser una simple casualidad que estuviera ahí? En un tiempo muchos escritores veraneaban en Gesell. Quizá la casa que alquilaba estaba cerca de esa bajada.

—¿Que entre todos los balnearios de la costa hubiera elegido precisamente Gesell? ¿Y que entre todos los paradores justo el de mi novio? No. Ya era bastante extraño que hubiera elegido ir a Gesell. Y él sabía que yo pasaba todos los veranos allí. Se lo señalé a Ramiro con disimulo y también me dijo que quizá fuera una casualidad. Le pregunté si era la primera vez que lo veía. Me dijo que lo encontraba todas las mañanas sentado en la misma mesa desde hacía una semana. Que después de leer el diario iba al agua y nadaba mar adentro, muy lejos. En realidad creo que estaba sorprendido y quizá un poco celoso de que aquél fuera el escritor que me dictaba; yo le había hablado muy poco de él y supongo que lo imaginaba mucho más viejo, quizá como un ratón de biblioteca. Sentado ahí con el torso desnudo Kloster realmente parecía un atleta; había recobrado algo de peso y estaba rejuvenecido con el sol y el aire de mar. Mientras hablábamos de él fue hacia la orilla y nadó con unas brazadas largas y serenas hasta sobrepasar la rompiente. Se internaba cada vez más lejos en el mar; al principio se distinguían los brazos al alzarse, pero después de pasar la última línea de boyas se convirtió en un punto cada vez más difícil de ubicar entre las olas. En un momento lo perdí por completo de vista. Ramiro me pasó el largavista de su equipo. Pude ver que todavía nadaba con el mismo ritmo reposado, como si recién empezara a bracear. Le pregunté a mi novio qué ocurriría si tenía de pronto un calambre tan lejos de la costa y necesitaba que lo rescataran. Lo más probable, reconoció, es que llegara demasiado tarde. ¿Entonces?, le pregunté. No podía entender que lo dejara ir tan lejos. Me dijo, incómodo, que era una cuestión de código: el tipo era grandecito y evidentemente sabía lo que hacía. Volví a mirar por el largavista y dije en voz alta que parecía increíble que pudiera conservar todavía el mismo ritmo. Enseguida me arrepentí. Ramiro pareció picado y me dijo que al llegar, todas las mañanas, él también nadaba una distancia así como parte de su entrenamiento para el puesto. Nos quedamos callados hasta que vimos reaparecer a Kloster, que volvía nadando de espaldas. Se dio vuelta a último momento, antes de que lo arrastrara la rompiente, echó la cabeza hacia atrás para quitarse con el agua el pelo de la cara, y salió caminando a grandes pasos. No parecía ni siquiera un poco cansado. Pasó casi frente a nosotros todavía chorreante y sin mirarnos, recogió sus cosas de la mesa, dejó un billete y unas monedas y se fue. Le pregunté a mi novio si volvía después por la tarde y me dijo que no. Tampoco lo había visto a la noche por el centro. Tuvimos entonces una discusión. Yo le pedí que por favor no desayunara más ahí y fuera al parador vecino. Me preguntó, molesto, por qué debería hacer algo así. Yo no podía explicarle lo que verdaderamente pensaba. Ni yo misma sabía muy bien qué era lo que temía. Le dije que quería acompañarlo, desayunar todas las mañanas con él y que me incomodaba que Kloster estuviera tan cerca. Me respondió entonces que no podía alejarse de su silla, que él no tenía por qué moverse y que en todo caso el que debería buscarse otro parador era Kloster. Pero a mí me pareció que había algo más en esa irritación repentina.

Se había interrumpido de pronto y después de un segundo se inclinó hacia delante para apagar el cigarrillo en el cenicero y retorció la punta contra la superficie de vidrio una y otra vez, como si un recuerdo en particular le resultara humillante y no se decidiera a continuar. Encendió otro cigarrillo y cuando expulsó la primera bocanada, hizo un gesto con la mano que tanto podía ser sólo una manera de apartar el humo como un modo involuntario de reconocer que ya aquello no importaba. En todo caso, después de aspirar otra vez, pareció encontrar las fuerzas para seguir.

—Creo que lo que en realidad le había molestado es que yo quisiera ir a desayunar con él. Había una camarera muy linda, bastante provocativa, que atendía las mesas con una pollera muy corta y arriba solamente el corpiño de la bikini. Yo me había dado cuenta, apenas la vi, de que había demasiadas risitas y miradas entre ellos. Cuando le dije algo de esto se enfureció más, y por supuesto lo negó todo. Pero yo pensaba que de verdad estaba en peligro y no estaba dispuesta a apartarme y dejarlo solo por una escena de celos. Así que fui otra vez, a la mañana siguiente. Llegué un poco más temprano, a la hora en que empezaba su guardia, y nos sentamos en el mismo lugar. Kloster apareció un poco después, antes de que hubiéramos alcanzado a pedir el desayuno. Pero en vez de elegir una de las mesas de afuera, entró al bar y se sentó contra la barra. Yo lo vi en principio como una buena señal, el reconocimiento de que me había visto ahí pero no quería enfrentarme. Me pregunté por un momento si era posible, como había dicho Ramiro, que coincidir en ese parador con Kloster se debiera a una simple casualidad. No quería tampoco fijarme demasiado en él y cuando la camarera trajo nuestro desayuno me quedé concentrada en mi taza y traté de conversar con Ramiro como si Kloster no existiera. Y la camarera tampoco. Creo que Ramiro era el más feliz de que Kloster se hubiera replegado a la barra y de que las cosas pudieran quedar de ese modo. Estaba de buen humor y apenas terminó su desayuno corrió a la orilla, se metió en el mar dando saltos y se zambulló por sobre la rompiente para nadar mar adentro. Supongo que quería impresionarme. Yo me quedé mirando su cabeza detrás de las boyas, cada vez más lejana. Había dejado el largavista sobre la mesa y lo seguí por un rato. Daba unas brazadas más enérgicas que Kloster y levantaba con la patada una estela de espuma, pero no parecía deslizarse con tanta facilidad. Me pareció además que empezaba a cansarse: el cuerpo se le retorcía un poco cuando sacaba la cabeza para respirar, perdía la línea y los movimientos se volvían espasmódicos. Lo vi detenerse y descansar un momento haciendo la plancha. Parecía agitado, exhausto. Y no creo que hubiera llegado ni a la mitad del trecho que había nadado Kloster la mañana anterior. Aún al bajar el largavista yo todavía divisaba su cabeza y sus hombros en el mar. Volvió nadando más lento y cuando estaba cerca de la orilla, para demostrar no sé qué, hizo unos metros estilo mariposa, dirigido más a la camarera, empecé a sospechar, que a mí. Cuando lo vi salir, con la respiración agitada, como si no consiguiera recobrar el aliento, creí entender cuál era el plan de Kloster.

—Nadar hasta muy adentro del mar, fingir un calambre y atraerlo para que se agotara, más allá de sus fuerzas. Ahogar al guardavidas.

—Sí, algo así. Yo suponía que esperaría a un día de mar picado y que cuando Ramiro llegara exhausto lo hundiría hasta ahogarlo. Si estaba suficientemente lejos, a esa hora nadie los veía.

—Solamente vos quizá con el largavista.

—Eso era lo que me parecía sobre todo siniestro: que estuviera pensando en matarlo delante de mis ojos. Y sería después su palabra contra la mía. Todo parecía tan increíble e irreal que ni siquiera podía hablarlo con nadie. Había en ese mismo momento gente tumbada en las reposeras que leía la última novela de Kloster. Y mientras yo imaginaba todo aquello Kloster seguía adentro, acodado en la barra, y sólo parecía tomar café y leer tranquilamente el diario, sin ni siquiera fijarse en nosotros. Un poco más tarde salió a la playa, nadó la misma distancia que el día anterior y se fue, sin mirarnos ni una vez.

—¿Qué pasó después?

—Después…Hubo dos o tres mañanas iguales. Kloster se sentaba en la barra y leía el diario. Sólo pasaba junto a nosotros para ir al mar. Cuando entraba al agua yo temblaba por dentro y no podía dejar de vigilarlo hasta el momento en que salía y desaparecía de la playa. Me di cuenta de que cada vez nadaba un poco más lejos. Creo que Ramiro también lo había notado y como si fuera una clase de duelo, esas estupideces de hombres, trataba él también de nadar las mismas distancias. Tuvimos entonces la discusión del café con leche.

—¿Del café con leche?

—Sí. Volví a pedirle que nos cambiáramos de parador. Habían inaugurado otro bar, uno que estaba todavía más cerca de su silla. Eso lo dejaba sin excusas. Se irritó y quiso saber por qué debíamos cambiarnos si Kloster, por lo visto, no tenía la menor intención de molestarnos. ¿O había ocurrido algo más entre Kloster y yo?, me preguntó. Yo sabía que estaba fingiendo su propio ataque de celos, simplemente porque no quería perderse las tetas y las miradas de la camarera. Le dije que estaba harta de que su putita me trajera la taza de café con leche fría. Era verdad: parecía hacérmelo a propósito. Él ni se había dado cuenta porque le gustaba el café más bien tibio. Discutimos. Me dijo que no fuera más a desayunar con él, si todo el punto era vigilarlo. Me dijo que podía irme yo sola al otro parador y dejarlo de una vez en paz. Volví a mi casa llorando. Mi madre estaba por ir a juntar hongos con Valentina y fui con ellas. El día siguiente era su aniversario de casamiento y preparaba siempre para esa fecha un pastel de setas, que sólo les gustaba a ella y a papá. En realidad, creo que a mi papá tampoco, pero nunca se había atrevido a decírselo, porque era lo primero que había cocinado para él, y ella estaba muy orgullosa de su receta. Juntábamos los hongos siempre en el mismo lugar, en un bosquecito detrás de la casa por donde pasaba muy poca gente y que mi madre consideraba casi una extensión de nuestro jardín. Cuando Valentina se alejó le conté la pelea. Se sorprendió y se alarmó un poco de que Kloster estuviera allí. Me preguntó por qué no se lo había dicho de inmediato.

Quiso saber si había tratado de hablarme y le conté que desde que me había visto desayunaba en la barra y nunca se había enfrentado conmigo. Esto pareció tranquilizarla. Estuve a punto de contarle lo que verdaderamente temía, pero mi madre creía que yo había quedado algo obsesionada después del juicio, con la muerte de la hijita de Kloster. Incluso me había propuesto en ese momento que viera a una psicóloga. No sabía cómo decirle que quizá Kloster estuviera planeando un crimen sin que me sonara a mí misma como una locura. Terminé contándole de la camarera y la escena de celos, se rió y me dijo que volviera al día siguiente a desayunar con él como si nada hubiera ocurrido y que todo se arreglaría. Mi madre adoraba a Ramiro y apenas podía creer que nos hubiéramos peleado.

—¿Y le hiciste caso?

—Sí, por desgracia le hice caso. Cuando llegué Ramiro ya había ordenado su desayuno, ni siquiera me había esperado. Kloster ya estaba ahí también, sentado en el mismo lugar de siempre, contra la barra. Era una mañana fría y un poco ventosa. El mar estaba encrespado, el agua tenía ese color turbio de algas revueltas y el viento levantaba olas muy altas y hacía volar la espuma. Pedí mi café con leche y cuando la chica finalmente se dignó a traérmelo estaba por supuesto congelado, pero no dije nada. En realidad, ninguno de los dos decía nada. Había un silencio tenso, insoportable. Pasó una media hora y Ramiro se quitó el buzo para ir al agua. Le pregunté si no era peligroso que fuera a nadar con el mar así. Me dijo que prefería ir al mar antes que seguir sentado ahí conmigo. Y me dijo algo peor, muy hiriente, que todavía me hace llorar al recordarlo. Lo vi sumergirse bajo la gran ola de la primera rompiente y emerger del otro lado. Tuvo que remontar una sucesión de olas grandes hasta sobrepasar la altura del espigón y salir a una franja menos turbulenta. Me pareció que de todos modos también allí avanzaba con esfuerzo. El mar estaba agitado y cada tanto lo perdía de vista, hasta que terminaba de romper una ola y reaparecía, como un punto intermitente. En un momento dejé de verlo por completo y cuando vi reaparecer su cabeza me pareció que alzaba los brazos hacia mí con desesperación. Busqué alarmada su largavista y cuando volví a enfocarlo vi que se hundía en el agua irremediablemente, como si hubiera perdido el conocimiento. Me levanté de la silla, aterrada. La playa estaba vacía y pensé de inmediato en Kloster. Corrí sin que me importara nada adentro del bar, para pedirle auxilio. Pero cuando abrí la puerta, *Kloster ya no estaba ahí.* ¿Te das cuenta? Era el único que hubiera podido salvarlo, pero cuando entré al bar ya se había ido. ¡Se había ido!

—¿Qué hiciste entonces?

—Corrí hasta el espigón vecino para avisar al cuerpo de guardavidas y la dueña del bar llamó a la lancha de salvataje. Estuvieron casi una hora para sacar el cuerpo del agua. Cuando la lancha llegó a la orilla la gente se había arremolinado como si estuvieran por sacar un gran pez. Los nenitos chillaban de alegría y corrían a contarle a sus padres: un ahogado, un ahogado. Los bañeros le habían echado una frazada encima, que le cubría la cara, pero las manos habían quedado al descubierto. Estaban azules, con las venas sobresalidas como líneas blancas. Lo cruzaron a pulso en unas angarillas hasta la costanera, donde esperaba la ambulancia. Una mujer policía se acercó a mí y me preguntó el teléfono de los padres. Todo transcurría como en un sueño equivocado. Sentí que las piernas dejaban de sostenerme y luego, como desde otro mundo remoto, que me gritaban y me palmeaban la cara. Volví a abrir los ojos por un instante y vi una multitud de desconocidos alrededor y la cara de la mujer policía muy cerca de mí. Quise aferrarla del brazo y decirle: *Kloster*, *Kloster*, pero volví a desmayarme. Cuando me desperté otra vez estaba en el hospital. Había pasado casi veinticuatro horas dormida con un sedante. Mi madre me contó que ya había terminado todo. Se había hecho la autopsia de rutina. Los médicos dijeron que había sido una asfixia por inmersión, provocada probablemente por hipotermia y calambres: el agua esa mañana estaba muy fría. Los padres de Ramiro habían llegado de Buenos Aires y se habían llevado el cuerpo de inmediato para velarlo aquí en la ciudad. Le conté entonces a mi madre la secuencia de esa mañana, tal como la recordaba: mi desesperación cuando vi hundirse a Ramiro y el momento en que había corrido a buscar a Kloster y no lo había encontrado en el bar. El único día en que se había ido antes, sin meterse en el mar. A mi madre esto no le pareció para nada extraño: era obvio que el mar esa mañana estaba muy peligroso. En todas las playas habían puesto desde temprano la bandera de mar dudoso y muy posiblemente Kloster había decidido, con buen criterio, volver a su casa y dejar para otro día la natación. Cuando traté de insistir me miró con preocupación. Fue un accidente, me dijo, la voluntad de Dios. Creo que temía que volviera a obsesionarme y no quiso que le hablara más del asunto, no por lo menos hasta dejar el hospital.

—¿Creés que Kloster alcanzó a ver cómo se hundía tu novio y se fue de la playa para dejarlo morir?

—No. Desde donde se sentaba apenas podía ver la orilla. No fue eso. No fue simplemente eso. Yo no alcanzaba a entender de qué manera, pero él había logrado lo que se había propuesto: que Ramiro muriera delante de mis ojos.

—¿Volviste a la playa en esos días? ¿Volviste a verlo?

—Volví, pero no de inmediato. Estuve encerrada en mi cuarto, sin hacer otra cosa que llorar. Me acordaba sobre todo de la mirada de irritación con que Ramiro se había alejado de mí antes de meterse en el mar. Y de la frase tan insultante que me había dicho. Ése era el último recuerdo que me quedaba de él. Demoré dos o tres días antes de decidirme a volver a esa playa. Ahora le temía de verdad a Kloster y me sentía débil para enfrentarlo. Pero caminé hasta allí otra vez un día muy temprano a la mañana. Habían puesto otro bañero y en el alud de gente de enero todo parecía un poco cambiado. Miré hacia adentro del bar: Kloster no estaba. Entré y conversé por un momento con la dueña. Me dijo que el escritor, como lo llamaban, se había ido al día siguiente de la muerte de Ramiro. Les había dicho que debía volver a Buenos Aires para empezar una nueva novela. Me senté junto a la barra, en el lugar que siempre ocupaba él, y miré hacia la mesa en la playa donde desayunábamos Ramiro y yo. Quería ver con los ojos de él. Sólo se llegaban a distinguir esas pocas mesas y la silla del bañero, con la marea baja ni siquiera podía verse la línea de la rompiente. Me quedé todavía durante un rato largo hasta que otra pareja ocupó la que había sido nuestra mesa y sentí que estaba a punto de volver a llorar. Me di cuenta de que ya no quería estar ni un día más en Gesell y esa misma noche me volví a Buenos Aires.

—Entonces, ¿eso fue todo? ¿No hablaste después con los padres de él?

—Sí hablé: fui a verlos apenas llegué. Pero después de pensar y pensar sobre el asunto yo también de a poco me había resignado a que no podía tratarse de otra cosa que un accidente desgraciado. ¿Qué hubiera podido decirles? ¿Que por vengarse de mí, por un juicio laboral de un par de miles de pesos, Kloster había ideado, de una manera que ni siquiera se me ocurría, la muerte de Ramiro? Yo también, después de todo, había visto sólo un accidente y cuando hablé con ellos ya estaban resignados, incluso algo avergonzados de que Ramiro hubiera sido tan imprudente. La madre, que siempre fue muy religiosa, de la misma congregación de mi padre, me habló de la paz que sucedía al dolor, cuando finalmente se acepta una muerte. Al salir de la casa de ellos yo también tuve por primera vez en todo ese tiempo una extraña calma. Me parecía que fuera lo que fuese lo que había buscado Kloster, sin duda lo había conseguido, y que las tragedias se habían equiparado. Que con la muerte de Ramiro, aunque sonara siniestro, se había restablecido un equilibrio. Una muerte para cada lado. Traté de olvidarme de todo y volví durante unos meses a tener una vida casi normal. Creo que me hubiera olvidado incluso de Kloster si no fuera porque su nombre aparecía cada vez con mayor frecuencia en los diarios y sus libros parecían estar en todas las vidrieras. Pasó así un año. Cuando llegó diciembre decidí que no quería viajar como siempre a Gesell con mi familia. Me pareció que el mar y la playa me traerían demasiados recuerdos y preferí quedarme sola en Buenos Aires. Ellos se fueron después de Navidad y yo aproveché esos días para preparar una materia de la facultad. Me había agendado, para no olvidarme, llamar a mis padres el día de su aniversario. No creo de todos modos que se me hubiera pasado por alto: era un día antes de la fecha en que se había ahogado Ramiro. Esperé para llamarlos a la noche: suponía que habrían pasado el día en la playa y quería estar segura de que los encontraría en la casa.

Quedó en silencio, como si se hubiera paralizado un engranaje oculto de su memoria. Miró su taza dejada de lado y al inclinar hacia abajo la cabeza, como si hubieran estado apenas contenidas, afluyeron silenciosamente las lágrimas. Cuando volvió a alzar los ojos todavía tenía un par suspendidas en las pestañas, que se quitó con el dorso de la mano en un gesto rápido y avergonzado.

—Llamé a las diez de la noche y me atendió mi madre. Estaba alegre, de buen humor. Había hecho su tarta de setas y había tenido una cena a solas con mi papá: mi hermano Bruno había salido con su novia de esa época y Valentina se había quedado a pasar la noche en casa de una de sus amigas. Dijo que me extrañaban y que las vacaciones no eran lo mismo sin mí. Yo le dije que el vino la había puesto sentimental y volvió a reírse y reconoció que sí, que habían tomado un poco para celebrar. Después hablé también un minuto con mi padre: teníamos un chiste sobre la tarta de setas. Me dijo que se había portado como un buen marido y que había comido todo. Parecía también un poco nostálgico y me hizo prometer que iría a verlos algún fin de semana. Antes de despedirse me dio la bendición, como cuando éramos chicos. Yo estaba muy cansada esa noche y me quedé dormida con el televisor encendido. A las cinco de la mañana me despertó el teléfono: era Bruno, mi hermano mayor. Me llamaba desde el hospital de Villa Gesell: habían internado de urgencia a mis padres con unos cólicos violentísimos. En los primeros análisis habían detectado restos del hongo *Amanita Phalloides*. Es un hongo tremendamente venenoso que puede confundirse con facilidad entre los comestibles en una recolección. Bruno ya se había graduado y pudo tener una conversación franca con los médicos. Me dijo que teníamos que prepararnos para lo peor: las toxinas que se habían expandido en el aparato digestivo podían destruir en pocas horas el hígado. Había pedido que los trasladaran en una ambulancia aquí, al Hospital de Clínicas, donde él estaba haciendo su residencia. Creía que podía haber alguna última chance de un transplante hepático. Me dijo que viajaría con ellos en la ambulancia. Yo fui a esperarlo a la puerta del hospital. Apenas bajó, apenas le vi la cara, supe que habían llegado muertos.

Volvió a quedar en silencio, como si sus pensamientos estuvieran otra vez alejándose de todo.

—¿Pudo haberse confundido tu madre en la recolección?

Hizo con la cabeza un gesto de impotencia.

—Eso era para mí lo más difícil de creer. Siempre los recogía en el mismo bosquecito y nunca habían aparecido ahí especies venenosas. Ella tenía un libro con una guía para la recolección y nos había enseñado con láminas a distinguirlas, pero jamás, en todos los veraneos que pasamos allí, pudimos ver uno solo de estos hongos venenosos. Por eso le permitía incluso a Valentina que la acompañara a buscarlos. Hubo de inmediato una investigación. Los biólogos concluyeron que había sido un accidente lamentable pero bastante típico. Los bosques sin especies venenosas pueden fácilmente contaminarse de una estación a otra. Cada hongo tiene miles de esporas de reproducción y basta un viento fuerte para que aterricen y germinen en distancias lejanas. Y, sobre todo, esa especie en particular es muy difícil de distinguir de los champiñones comunes, aun para gente con alguna experiencia. La única diferencia para reconocerlo a simple vista es la volva, una especie de bolsa blanquecina que rodea por abajo al tallo. Pero muchas veces el hongo se encuentra desprendido, o la volva queda semienterrada o escondida por las hojas caídas del árbol. De hecho, encontraron sobre el terreno algunas que estaban así, casi ocultas, y que un recolector confiado podía haber pasado por alto. La imprudencia más grande, según decía el informe, había sido permitir que una chica de la edad de Valentina la acompañara en la recolección. Lo que ellos consideraban como hipótesis más probable es que Valentina hubiera juntado una parte de los hongos sin reparar en esta cuestión de la volva y que al llevárselos ya desprendidos del suelo mi madre no había alcanzado a reconocerlos.

—¿Y cuál era tu hipótesis?

—*Kloster*. Había sido él otra vez. Había reaparecido, cuando yo pensaba que todo había terminado. Lo supe apenas recibí la llamada de Bruno. Creí en ese momento, cuando mencionó el nombre del hongo, que si abría la boca me pondría a gritar. Porque yo misma le había dado la idea.

—¿Le habías dado la idea? ¿Qué querés decir?

—Durante el año que trabajé con él cada tanto me hacía recortar y guardar noticias policiales que aparecían en el diario y que le intrigaban por uno u otro detalle. Una vez me hizo recortar la noticia de una abuela que había cocinado sin darse cuenta hongos venenosos para ella y para su nieta. Las dos habían muerto en una agonía terrible al cabo de unas horas. Lo que le había llamado la atención es que la abuela se consideraba a sí misma una recolectora experta. Me dijo en ese momento que la gente experta era muchas veces también la más descuidada, y que para imaginar crímenes en sus novelas siempre le interesaba aquello, el error de los entendidos. En la nota se mencionaba al pasar que los hongos venenosos eran justamente de esta variedad, *Amanita Phalloides*. Yo le expliqué entonces por qué era tan fácil confundirlos con los hongos comestibles. Le hice incluso un dibujo, con el sombrero, el tallo, el anillo y la volva. Le hablé de otras variedades menos conocidas pero también peligrosas. Estaba orgullosa de poder contarle algo sobre lo que yo sabía. Me preguntó, sorprendido, dónde había aprendido aquello y entonces le conté… Le conté todo: cómo mi madre nos había enseñado a los tres hermanos con sus láminas. El bosquecito detrás de la casa en Villa Gesell. La tarta de setas del aniversario. El chiste que teníamos con mi padre sobre su sacrificio de una vez por año.

—Pero no sabía la fecha exacta del aniversario, ¿o sí?

—Sí. Sí la sabía, y no creo que la haya olvidado. El 28 de diciembre. Yo la mencioné al pasar y él me preguntó si mis padres habían elegido esa fecha por alguna razón en especial. Había leído en uno de sus libros sobre religión que después de la matanza de los santos inocentes, muchas parejas cristianas elegían ese día para casarse, como un simbolismo para sobreponer a la muerte, la señal de la reanudación de un ciclo. Pero hubo todavía algo más: yo no lo había visto nunca otra vez en todo ese tiempo. Desde la muerte de Ramiro no me lo había vuelto a encontrar, en ningún lado. Y sin embargo, el día del entierro, cuando nos retirábamos del cementerio, estaba ahí.

—¿Querés decir que fue al entierro de tus padres? —pregunté con incredulidad.

—No. Lo vi de lejos, en una de las calles laterales, junto a una de las tumbas, supongo que la de su hija. Estaba en cuclillas, con la mano extendida hacia la lápida y parecía hablarle, o me pareció ver que movía los labios. Pero creo que fue deliberadamente ese día, para que yo lo viera.

—¿No podría ser una coincidencia? Quizá fuera la fecha del cumpleaños de la hija. O el día de la semana que elegía para visitar la tumba.

—No; el cumpleaños de ella era en agosto. Yo creo que estaba ahí con un único propósito: dejarse ver, para que yo supiera que esas muertes también habían sido parte de su venganza. Que no estábamos, como yo había creído, equiparados. En realidad él me lo había advertido desde el principio. Me lo había dicho con todas las letras. Sólo que yo no supe entenderlo.

—¿Te había dicho… qué?

—Lo que me ocurriría. Pero no me creerías si te lo digo. Ya me pasó una vez: mi propio hermano no me creyó. Deberías verlo por vos mismo —y se inclinó un poco hacia delante, como si se decidiera a revelarme una parte—. Tiene que ver con la Biblia que me dio en la audiencia.

Había bajado la voz al decirme esto y quedó en suspenso, con los ojos fijos en mí, como si me hubiera hecho parte de su secreto más celosamente guardado y no confiara del todo en que yo estaría a la altura de la revelación.

—¿La trajiste? —pregunté.

—No, no me decidí a traerla. No quise sacarla de mi casa porque es a la vez la única prueba que tengo contra él. Quería pedirte que me acompañaras ahora, para mostrártela.

—¿Ahora? —pregunté, sin poder evitar consultar mi reloj. Empezaba a anochecer y advertí que la había escuchado durante más de tres horas. Pero Luciana no parecía dispuesta a soltarme.

—Podríamos ir ahora, sí. Es un viaje de subte. En realidad iba a pedirte de todos modos que me acompañaras a casa. Últimamente me da mucho miedo volver sola cuando oscurece.

¿Por qué dije que sí cuando todo adentro de mí decía que no? ¿Por qué no la despedí con cualquier excusa, y puse mil kilómetros de distancia? Hay veces en la vida, pocas veces, en que uno alcanza a percibir la bifurcación vertiginosa, fatal, de un pequeño acto. La propia ruina que acecha detrás de una decisión trivial. Sabía esa tarde, por sobre todas las cosas, que no debía escucharla más. Y sin embargo, como si no pudiera resistirme a la inercia de la compasión, o de los buenos modales, me puse de pie para seguirla a la calle.

TRES

Caminamos en el frío hacia la boca del subte. Se había hecho casi la hora de la cena y con los negocios cerrados la ciudad se veía desanimada y oscura. La gente desaparecía hacia sus casas y las calles tenían esa cualidad desértica y silenciosa de los domingos cuando se aproxima la noche. En la avenida, que estaba algo más concurrida, tuve que apurarme para seguir los pasos de Luciana. Todos los signos de nerviosismo que yo había espiado en ella mientras conversábamos, ahora en la calle parecían acentuarse, como si se creyera verdaderamente perseguida de cerca por alguien. Cada tres o cuatro pasos giraba la cabeza hacia atrás en un movimiento involuntario y al llegar a las esquinas miraba en las dos direcciones la gente y los autos. Cuando nos deteníamos frente a un semáforo se llevaba la mano furtivamente a la boca para despellejarse los dedos y la vigilancia de sus ojos a uno y otro lado no parecía tener descanso. En el andén del subte se paró muy por detrás de la línea amarilla y miraba por encima de mi hombro a cada persona que se nos acercaba. Durante el trayecto, que fue muy corto, apenas cambiamos palabras, como si ella necesitara toda su atención para registrar las caras dentro del vagón y estudiar a los pocos pasajeros nuevos que subían en cada estación. Sólo pareció tranquilizarse otra vez cuando salimos del subte y doblamos en una de las esquinas, desde donde me señaló su edificio en la mitad de la cuadra, como si fuera una fortaleza segura a la que llegábamos después de una peripecia llena de peligros. Vivía, me dijo, en el último piso, y me indicó en lo alto un gran balcón que sobresalía a la calle. Subimos todavía en silencio en el ascensor y salimos a un espacio estrecho con pisos de parquet y puertas con las letras A y B en cada uno de los extremos. Luciana se dirigió hacia la izquierda y abrió la puerta de su departamento con una mano todavía algo temblorosa. La seguí adentro de un living muy grande, que se extendía en L hacia uno de los costados. Ella lo cruzó con pasos rápidos hacia el ventanal por donde entraba la noche y cerró las cortinas con un gesto de fastidio. Me dijo que mil veces le había pedido a su hermana que corriera las cortinas antes de salir a la calle. No le gustaba llegar de noche y ver ese rectángulo negro. Pero su hermana parecía hacérselo a propósito.

—¿Y dónde está ella ahora? —pregunté.

—En la casa de una amiga, con la que hacen la revista del colegio. Tenían que diagramar la tapa. Me dijo que volvería tarde, quizá incluso se quede a dormir allá esta noche.

Lo había dicho sin mirarme, mientras recogía una taza que había quedado sobre un mueble y encendía una lámpara sobre una mesita baja de vidrio. Apagó la luz principal y el cuarto quedó en media penumbra. Yo todavía estaba de pie, sin decidirme a sentarme en el sillón que ella había liberado de papeles, con la sensación cada vez más aguda de haber caído en una trampa cuidadosamente preparada. Luciana me miró de pronto, como si recién ahora reparara en mi inmovilidad.

—Puedo preparar algo de comer, si querés; ¿qué te parece?

—No —dije, y miré mi reloj—. Gracias. Solamente un café. Me tengo que ir en media hora: todavía no preparé mi clase de mañana.

Me miró fijamente, y sostuve como pude su mirada. Parecía herida, y algo humillada, como si se le hubiera cruzado el mismo pensamiento que a mí: cuánto habría dado yo por un ofrecimiento así en otra época.

—Me dijiste que sería sólo un momento —dije, cada vez más incómodo—. Por eso te acompañé. Pero tengo que dar clase mañana temprano.

—Está bien —dijo—: un café. Ya lo traigo. Y podés sentarte de todos modos.

Desapareció en dirección a la cocina y me senté en uno de los sillones solemnes y mullidos que rodeaban la mesita. Miré alrededor: la araña de caireles, los muebles oscuros y pesados, el crucifijo de metal en una de las paredes, los objetos amontonados en una bibliotequita, todo daba la impresión de un lugar detenido en el tiempo, con una decoración anticuada, severa, que habría elegido la madre muchos años antes, quizá con muebles heredados, y que las hijas, ahora solas, no habían tenido fuerzas para cambiar. Había una fotografía con un marco de plata junto a la lámpara. Allí estaban todos. Era un atardecer en la playa, seguramente en Villa Gesell, y las caras se veían enrojecidas por el sol y felices. El padre, de pie, cargaba una sombrilla; la madre alzaba una canasta, y los tres hijos estaban sentados en la arena, como si todavía no quisieran irse. Vi a Luciana, otra vez delgada y jovencísima, detrás de su hermanita. Luciana tal como la había conocido. Casi tuve que cerrar los ojos para apartar la imagen. Escuché sus pasos que volvían de la cocina y traté de volverla a su lugar, pero no logré desplegar a tiempo el soporte detrás del marco. Luciana dejó la bandeja con las tazas sobre la mesa y la alzó para mirarla también por un instante.

—Es la última foto en la que estamos todos juntos —dijo—. Fue el verano antes de que te conociera. Mi hermano Bruno todavía no estaba recibido. Y yo tenía la misma edad que Valentina ahora. Sólo que era un poco más madura, creo —dijo y dejó la foto otra vez bajo la lámpara. Tomó un sorbo de su café y volvió a levantarse, como si se hubiera olvidado lo más importante—. Voy a traer la Biblia —dijo.

Desapareció en el pasillo que conducía a las habitaciones y pasaron dos o tres minutos. Cuando la vi regresar tuve otra vez la sensación de alarma cercana al

71

miedo que provoca la locura ajena. Se había puesto unos guantes de látex que le llegaban más arriba de las muñecas y traía el gran libro sostenido delante del cuerpo, como si fuera la sacerdotisa de un rito propio y portara una reliquia que pudiera desintegrarse. Debajo de uno de los brazos sobresalía una caja de cartón rectangular. Dejó el libro sobre la mesa y me extendió la caja.

—Son los guantes que usaba en la facultad para las pruebas de laboratorio —dijo—. Están las huellas de Kloster en la página y es la única prueba que tengo contra él. No quisiera que se mezclen con otras.

Me los puse con dificultad, porque eran demasiado estrechos, y juré para mis adentros que sería la última concesión que me arrancaría. Recién cuando me vio las dos manos enfundadas deslizó hacia mí el libro, que era verdaderamente imponente y muy hermoso, con tapas de cuero grabadas, el canto de las hojas dorado y un cordoncito rojo como señalador.

—La noche en que murieron mis padres, apenas me llamó Bruno, me acordé de esta Biblia que él me devolvió en la audiencia. Cuando colgué el teléfono, antes de salir para el hospital, la abrí en la página que había quedado señalada. Así como te la doy me la entregó Kloster: con el cordón en esa página.

Abrí el libro donde estaba marcado, no muy lejos del principio. Era el relato del Antiguo Testamento sobre el primer asesinato, la muerte de Abel a manos de su hermano, y el ruego último de Caín, cuando Dios lo castiga al destierro. Leí en voz alta, con un tono de interrogación, sin estar muy seguro si era el párrafo al que ella se refería: «Tú hoy me arrojas de esta tierra y yo iré a esconderme de tu presencia y andaré errante y fugitivo por el mundo; por lo tanto, cualquiera que me halle, me matará».

—Un poco más abajo, la promesa que recibe de Dios.

—«No será así: antes bien, cualquiera que matare a Caín, recibirá un castigo siete veces mayor.»

—*Un castigo siete veces mayor.* ¿Te das cuenta? Ésa era la línea que Kloster quería que leyera. La que me estaba destinada. Durante el tiempo que trabajé con él me dictaba una novela que nunca publicó sobre una secta cainita que toma al pie de la letra esta proporción para vengar a los suyos. La ley divina, la que había establecido Dios para ellos, no era ojo por ojo, diente por diente. Era siete por uno.

Su mirada se había clavado otra vez en mí con una fijeza ansiosa, como si vigilara en mi cara la menor aparición de un gesto de incredulidad. Le devolví la Biblia y me quité los guantes.

—Siete por uno… pero no se cumplió exactamente, ¿no es cierto? —dije, sin dejar de estudiarla. Me daba cuenta de que empezaba de verdad a temerle.

—Dios mío, ¿en serio no lo ves? Se está cumpliendo paso a paso. Y si nadie se entera, si nadie lo detiene, seguirá y seguirá.

—Todavía ni siquiera veo —dije— cómo podría haber sido él en los dos primeros casos que me contaste.

—Sí, eso era también lo más enloquecedor para mí. Desde que abrí la Biblia y vi esa frase ya no tenía más dudas de que había sido él, pero no podía todavía imaginar cómo lo habría hecho cada vez. Sólo pensaba en esto. Dejé incluso de comer en esos días, sentía como si tuviera una fiebre mental que me impedía hacer cualquier otra cosa. En realidad sí creía saber cómo había hecho en el caso de mis padres. Sólo había tenido que seguirme durante el primer verano hasta mi casa para ubicar el bosquecito de los hongos. Era el único dato que le faltaba. Yo creo que volvió a viajar a Villa Gesell en secreto uno o dos días antes de la fecha del aniversario y dispersó hongos venenosos entre los comestibles, pero sin las volvas, para que no hubiera modo de distinguirlos. *Les arrancó las volvas.* Y antes de irse se cuidó de dejar dos o tres enterradas con hojas y ramitas, para el caso de que hubiera después un peritaje.

Traté de imaginar a Kloster, el Kloster que aparecía en los diarios y afiches, ocupado en esos desplazamientos jardineriles.

—Supongo que es posible, aunque suena un poco complicado: parece más bien el tipo de crimen que hubiera elegido para una de sus novelas —dije. Pero a la vez, y quizá por eso mismo, tuve que admitir para mis adentros, no me parecía tan irrazonable—. ¿Y cómo se las habría arreglado en el caso de tu novio?

Luciana me miró con ojos brillantes, como si fuera a confiarme una fórmula prodigiosa que ella sola contra el mundo había encontrado.

—*La taza de café con leche*. Ésa era la clave. Me desperté un día de madrugada, sobresaltada con la solución: recordé de pronto la discusión que había tenido con Ramiro, sobre la camarera y el café con leche que me llegaba frío. Yo había pensado que era una pequeña maldad dedicada a mí para molestarme, pero en realidad, ahora que lo veía a la distancia, no era más que una conducta típica de los mozos: para ahorrarse un trayecto la chica a veces esperaba a que le pusieran en la bandeja, junto con el nuestro, el pedido de alguna otra mesa. Como era la única camarera que atendía afuera, también era muy frecuente que los pedidos quedaran por un minuto o dos sobre la barra, hasta que ella volvía a entrar. Kloster estaba sentado exactamente ahí, en el lugar donde la dueña dejaba las bandejas con las tazas. Y sabía muy bien que yo tomaba café con leche, de manera que sabía también que la taza de café negro tenía que ser la de Ramiro. Sólo tuvo que esperar al primer día de mar dudoso, para que pudiera confundirse con un accidente.

—¿Querés decir que envenenó el café de tu novio?

—No creo que haya sido un veneno: hubiera sido demasiado arriesgado. Él tenía que saber que habría después una autopsia de rutina. Yo creo que eligió una sustancia que los forenses en principio no buscaran, algo que pudiera provocarle una arritmia, o un principio de asfixia, o quizá calambres masivos. Él fue nadador y seguramente sabe, por ejemplo, que el drenaje brusco de potasio provoca calambres. Pudo ser simplemente un diurético poderoso. Al principio, apenas me di cuenta de cómo había ocurrido todo, pensé que debía convencer a los padres de Ramiro para que exhumaran el cadáver, pero ahora creo que sería peor. Estoy segura de que también esto lo calculó bien: no se encontraría nada y él quedaría otra vez fuera de sospechas.

—¿Y le contaste algo de todo esto a alguien?

Su mirada volvió a nublarse.

—A mi hermano. Esa madrugada, cuando todo se aclaró para mí, fui a verlo a su guardia en el hospital. Creo que estaba un poco exaltada: llevaba desde el entierro varios días sin dormir. Me temblaban las manos y tenía una especie de excitación febril. Le mostré la Biblia y le conté del juicio, de la muerte de la hijita de Kloster, de los cainitas y las venganzas de siete por uno. Le expliqué cómo pensaba yo que había planeado las muertes en cada caso. Pero creo que me enredé un poco: no podía contarlo con la misma claridad con que había visto todo. A partir de un momento advertí que había dejado de escucharme y que me estaba estudiando con ojos médicos. Parecía verdaderamente alarmado. Me preguntó cuánto tiempo llevaba sin dormir y se fijó en el temblor de mis manos. Me dijo que esperara allí y salió por unos segundos de la salita. Había dejado el libro que estaba leyendo sobre el escritorio. Lo di vuelta, porque me pareció ver algo horriblemente familiar en la tapa. *Era una novela de Kloster.* Creo que en ese momento me derrumbé. Mi hermano reapareció con una médica psiquiatra que también estaba de guardia en el hospital, pero yo no quise contestar ninguna pregunta. Me daba cuenta perfectamente de lo que estaban pensando. La médica me explicó que me darían un sedante para dormir. Me hablaba con una vocecita asquerosamente calma, como si le estuviera explicando algo a una criatura. Mi propio hermano me dio la inyección. Mi propio hermano, que durante la guardia leía a Kloster.

—Si era la novela que publicó ese año, no me parece demasiado extraño: tuvo todavía más éxito que la anterior, era difícil en todo caso encontrar alguien que *no* estuviera leyéndola.

—Justamente. Por eso me abrumó tanto. Me di cuenta de la perfección de su plan. No era nada extraño: era lo natural. Que todo se inclinara a su favor. Es lo que te decía al principio: ésa fue la parte quizá más maquiavélica. Estar en todas las bocas. Convertirse en alguien público. Situarse en una esfera más allá del mundo de los simples mortales. Para que cuando yo intentara señalarlo todos me miraran con la cara que puso mi hermano, y corrieran a buscar psiquiatras.

—Pero después de que te dieron el sedante…

—Me dieron otro sedante y después otro. Para decirlo de manera elegante, fue algo así como una cura de sueño. Hasta que me di cuenta de lo que debía hacer para salir de esa clínica y que dejaran de pincharme. Sólo tenía que evitar que se me escapara la palabra con K.

Una lágrima de impotencia le corrió mejilla abajo. Se quitó con dos tirones bruscos los guantes. Sus manos, que reaparecieron algo enrojecidas, parecían más temblorosas que antes.

—Bien, creo que ya te dije lo peor. Pero quería que lo supieras todo. Estuve internada dos semanas y cuando salí, había aprendido la lección. No volví a hablar con nadie más de esto. El tiempo empezó a pasar otra vez. Pasó un año entero y después otro. Pero esta vez yo no me engañaba. Sabía que era parte de su estrategia. Que las muertes se espaciaran. Eso fue quizá lo más terrible: la espera. Me alejé de mis amigas; me quedé sola. No quería a nadie cerca de mí. No sabía por dónde vendría el próximo golpe. Tenía terror sobre todo por Valentina, que había quedado a mi cargo, porque mi hermano ya se había mudado a su propio departamento. No me animaba a dejarla sola en ningún momento. Esa espera que se prolongaba, vivir en vilo, la *demora*, era lo más intolerable. Trataba en ese tiempo de seguirle el rastro por los diarios, de averiguar por las noticias el itinerario de sus viajes y dónde podría estar él. Sólo tenía unos días de tregua cuando sabía que estaba fuera del país. Hasta que finalmente ocurrió. Fue hace cuatro años. Me llamó de madrugada un comisario. Había entrado un ladrón en la casa de mi hermano y lo había matado. Mi hermano, que creía que yo estaba loca, ahora estaba muerto. El comisario no me dijo nada más pero ya estaban en todos los noticieros los detalles macabros. Mi hermano no se había resistido, pero el ladrón tuvo una saña especial, como si hubiera algo más entre ellos. Llevaba un arma, pero prefirió matarlo con las manos desnudas. Le quebró los dos brazos. Le arrancó los ojos. Creo que hizo algo todavía más horrible después con su cuerpo: nunca me animé a leer hasta el final el informe forense. Cuando la policía lo atrapó todavía tenía en la cara sangre de mi hermano.

—Me acuerdo. Me acuerdo perfectamente —dije, asombrado de no haber hecho nunca la conexión—: era un preso de una cárcel de máxima seguridad, que salía a robar con permiso de la guardia penitenciaria. Pero al menos en este caso está claro que no fue Kloster.

—*Sí fue Kloster* —me dijo con los ojos llameantes.

Por un momento tuve una sensación de irrealidad. La boca de ella tenía un rictus colérico. Lo había dicho de una manera tajante, con la determinación sombría de alguien ganado para una causa fanática, que no admite ninguna contradicción. Pero apenas un instante después rompió a llorar, en un murmullo apagado, con espasmos silenciosos, como si el esfuerzo de haber llegado hasta ahí la hubiera extenuado. Sacó un pañuelo de su cartera y lo estrujó en su puño después de secarse los ojos. Cuando se repuso su voz sonaba otra vez como antes, controlada, extrañamente calma y distante.

—Mi hermano trabajaba en esa época en la guardia hospitalaria de la cárcel. Parece que fue ahí donde conoció a la mujer de este preso. Por desgracia tuvo algo con ella; los dos creían que estaban seguros porque este hombre debía cumplir una cadena perpetua. Nunca se imaginaron que tendría un arreglo con los guardias para salir a robar. Hubo un gran escándalo cuando todo salió a la luz. Los de Asuntos Internos tuvieron que hacer una investigación exhaustiva. Fue entonces cuando descubrieron las cartas. Alguien le había estado enviando al preso cartas anónimas a la prisión, donde le contaba detalles de los encuentros entre mi hermano y su mujer. Las cartas están en el expediente judicial y yo pude verlas. La escritura está desfigurada, por supuesto. Con faltas de ortografía y errores gramaticales bien estudiados. Pero Kloster me dictó a mí durante casi un año y no hubiera podido engañarme. Era el estilo de él. Unas cartas minuciosas, deliberadas, con detalles hirientes. Pensadas línea por línea para enloquecer y humillar a cualquier hombre. Las escenas… *físicas* eran seguramente inventadas, pero daba datos muy precisos del bar donde se encontraban, de la ropa que llevaba ella cada vez, de cómo se burlaban entre los dos de él. Esas cartas fueron en realidad el arma del crimen. Y el que las escribió fue el verdadero asesino.

—¿Le dijiste algo de esto en ese momento a la policía?

—Pedí hablar con el jefe a cargo de la causa: el comisario Ramoneda. Un hombre que parecía al principio muy amable y dispuesto a escuchar. Le conté todo: el juicio, la muerte de Ramiro, el envenenamiento de mis padres, los rastros que había reconocido del estilo de Kloster en esas cartas anónimas. Me escuchó sin decir ni una palabra, pero me di cuenta de que no le gustaba la dirección que podía tomar todo el asunto si decidía tomarme en serio. Para ellos, al fin y al cabo, era un caso claro y cerrado. Creo que temía sobre todo que pudieran acusarlo, en medio de aquel escándalo, de querer desviar la culpa del servicio penitenciario. Me preguntó si entendía la gravedad de la acusación que estaba haciendo y la ausencia absoluta de pruebas en todo lo que le había dicho. Pero anotó de todos modos el nombre de Kloster y me dijo que enviaría a uno de sus hombres para hablar con él. Pasaron dos o tres días y recibí un llamado para que volviera a su despacho. Apenas entré me di cuenta de que algo había cambiado en él. Me hablaba con un tono entre paternal y amenazador. Me dijo que de acuerdo a lo delicado que era el caso y a todo lo que estaba en juego había decidido ir él mismo a visitar a Kloster, porque no podía permitirse dejar ninguna pista suelta, por absurda que pudiera parecer. Kloster había tenido, me dijo, una deferencia especial: estaba por salir a una recepción en la Embajada Francesa y de todas maneras se había hecho un tiempo para recibirlo en su estudio. No me contó nada sobre la entrevista pero era evidente que Kloster se las había arreglado para impresionarlo: seguramente terminaron hablando de sus novelas policiales. Antes de que yo pudiera hacerle ninguna pregunta sacó una hoja manuscrita con mi letra que puso sobre el escritorio y que reconocí de inmediato. Era una carta que yo le había enviado a Kloster después de la muerte de mis padres. Una carta donde le pedía perdón por haber iniciado esa demanda.

—¿Le enviaste una carta de disculpa a Kloster? De esto no me habías dicho nada.

—Fue cuando salí de esa clínica. Yo estaba confundida, aterrada. No quería vivir el resto de mi vida a la espera de que murieran todos los que estaban a mi alrededor. Creí que si le pedía perdón humildemente, que si le rogaba y me atribuía toda la culpa, se detendría. Fue un error, en un momento de desesperación. Pero cuando traté de explicárselo al comisario, él sacó otro papel: el registro de mi ingreso a la clínica psiquiátrica donde me hicieron la cura de sueño. Dijo que, por supuesto, había tenido que investigarme también un poco a mí. Cambió entonces de tono, como si me hubiera dejado al descubierto y ya no quisiera perder más tiempo conmigo. Me preguntó si me daba cuenta de que con la misma falta de pruebas alguien suficientemente imaginativo o trastornado podría también señalarme *a mí*. Después volvió a su tono paternal y me aconsejó que aceptara las cosas tal como habían ocurrido: la muerte de mi novio había sido un accidente por negligencia, la de mis padres una tragedia, pero no había nada más allí. Ellos ahora tenían al asesino de mi hermano y esto sí que era otra cosa: ¿no me acordaba yo acaso que habían encontrado a esa bestia con sangre de mi hermano todavía en la boca? ¿Quería yo ahora que lo dejaran ir para perseguir a un escritor que tenía la cruz de honor de la Legión Francesa y con el que yo había tenido no sé qué problemita personal cinco o seis años atrás? Se levantó de su silla y me dijo que no podía ayudarme más, pero que había un fiscal de la causa por si yo quería ir con mis historias a él.

—Pero no fuiste —dije.

Me miró con una expresión derrotada.

—No, no fui —dijo.

Hubo un largo silencio desamparado, como si al terminar de contarlo todo sólo hubiera logrado encerrarse más en sí misma. Había quedado encogida en el sillón, un poco encorvada hacia delante, con las manos entrelazadas sobre las rodillas y sus hombros y su cabeza se movían en pequeñas sacudidas, con un balanceo involuntario. Parecía a punto de tiritar.

—¿No quedó nadie de tu familia que pudiera ayudarte?

Negó con la cabeza, con una lentitud resignada.

—De mi familia sólo quedan mi abuela Margarita, que está desde hace años postrada en un geriátrico, y mi hermana Valentina, que todavía no terminó el colegio.

—¿Qué ocurrió después? Porque desde la muerte de tu hermano ya pasaron algunos años, ¿no es cierto?

—Cuatro años. Está dejando pasar otra vez el tiempo. Estos períodos son para mí el peor martirio. Vivo casi enclaustrada, vigilando constantemente a Valentina. Me volví obsesiva con los cruces de calle, las cerraduras, las llaves del gas. Pero por supuesto ya no puedo controlar del todo a mi hermana. No puedo evitar que salga cada tanto con sus amigas. Dios mío, a veces incluso la seguí sin que lo supiera, para asegurarme de que él no estuviera detrás de ella. Sólo voy los sábados a la tarde a ver a mi abuela, pero dejé un papel firmado para que no se le permita ninguna visita que no sea la de nosotras dos. Temo que él pueda entrar con cualquier excusa, con un disfraz…

—Pero por lo que me contaste hasta ahora parece preferir métodos siempre indirectos. ¿O creés que se arriesgaría personalmente?

—No sé. No sé. Es enloquecedor no saber qué vendrá a continuación. Yo traté de tomar todas las precauciones posibles. Pero no pueden tomarse *todas* las precauciones posibles. Es tan difícil... En todos estos años no había vuelto a verlo y aunque no me olvidaba en ningún momento, esta espera había llegado a parecerme a mí misma lejana, irreal. Como si estuviera sostenida sólo por mí. Porque solamente yo *sabía*. Solamente yo y él. Hasta que ayer lo vi otra vez. Creo que fue un descuido de su parte. Creo que por primera vez tengo una ligera ventaja. O quizá no, tal vez está tan confiado que se dejó ver, como en el cementerio. Yo había salido de la visita a mi abuela y entré a una tienda de muebles antiguos que está debajo del geriátrico. En un momento miré hacia la calle a través de la vidriera y lo vi de pie en la vereda de enfrente, con la mirada clavada en las ventanas altas del geriátrico. El semáforo le permitía cruzar, pero él estaba inmóvil junto al cordón, como si estuviera estudiando la fila de ventanas o un detalle de la arquitectura del edificio. No me vio. Miró todavía unos segundos más hacia arriba y después dobló hacia la otra esquina para alejarse, sin llegar a cruzar la calle.

—¿Es un edificio antiguo? ¿No podía ser que estuviera admirando un vitraux o las molduras de los balcones?

—Sí, quizá: supongo que eso es lo que diría él. Pero mi abuela está en una de esas habitaciones altas que dan a la calle.

—Ya veo… Y esto ocurrió ayer. ¿Fue por eso que decidiste llamarme?

—Fue por eso y por algo más. Algo que sería casi cómico si me quedaran ganas de reírme. Mi hermana está ahora en el último año del colegio secundario y hace algo más de un mes la profesora de literatura decidió darles a leer la novela de un autor contemporáneo. Entre todos los escritores argentinos adiviná a quién eligió.

—No sabía que Kloster había llegado a los colegios secundarios: supongo que debe alborotar bastante a los adolescentes.

—Sí, creo que ésa es la palabra, si uno quisiera decirlo con suavidad. Valentina quedó totalmente trastornada con la novela, creo que se la terminó en dos días. Nunca la había visto antes interesarse por un libro pero durante estas últimas semanas devoró todas los libros de Kloster que encontró en la biblioteca del colegio. Y después… convenció a su profesora para que lo invitaran al colegio, a charlar con los alumnos. Ayer a la noche me contó que Kloster había aceptado. Estaba feliz, radiante, porque lo conocería en persona. Y me dijo algo que me dejó temblando: que iba a intentar hacerle una entrevista para la revista del colegio.

—¿Pero no le contaste nada en estos años? ¿No sabe ella acaso…?

—No. Hasta ahora preferí no decirle nada: era muy chica cuando yo iba a la casa de Kloster y para ella era solamente un escritor, sin nombre, que me dictaba por las mañanas. Ni siquiera imagina nada de todo lo demás. Preferí que pudiera tener una vida normal, hasta donde nos era posible. Nunca imaginé que fuera a meterse ella misma en la boca del lobo. Cuando ayer me contó esto creí que me pondría a gritar delante de ella. Pasé la noche sin dormir. Y de pronto me acordé de vos.

Me miró, y fue como si extendiera hacia mí una mano suplicante.

—Me acordé de que vos también sos escritor. Y se me ocurrió que quizá pudieras encontrar una manera de hablarle. Hablar por mí.

Estalló de pronto en un llanto crispado y como si ya no le importara contenerse me dijo, casi en un grito:

—No quiero morir. Al menos no quiero morir así, sin ni siquiera saber por qué. Esto es solamente lo que quería pedirte.

Supongo que hubiera debido, en ese momento, tratar de abrazarla, pero no pude hacer el primer movimiento y sólo me quedé allí, petrificado, aterrado por la violencia de su llanto, a la espera de que lentamente se calmara.

—Claro que no vas a morir —le dije—. Nadie más va a morir.

—Sólo quiero saber por qué —repitió ella detrás de la bruma de lágrimas— sólo quiero que hables con él y le preguntes por qué. Por favor —volvió a suplicarme—, ¿harías eso por mí?

CUATRO

Apenas salí otra vez al aire frío y cortante de la noche, vi la dificultad, o en realidad, la serie de dificultades, en que me había metido. ¿Le había creído entonces a Luciana? Por extraño que pudiera parecerme ahora, mientras volvía caminando a mi casa y miraba en las calles los vestigios del domingo, hasta cierto punto le había creído, tal como puede creerse en la revolución mientras se lee el *Manifiesto comunista* o *Los diez días que conmovieron al mundo*. Le había creído en todo caso lo bastante como para hacer aquella promesa estúpida que ahora, cuanto más lo pensaba, más difícil me parecía de cumplir. No conocía personalmente a Kloster; nunca ni siquiera lo había visto. Diez años atrás, cuando yo escribía para distintos suplementos culturales, en la época en que rodaba de fiestas literarias en presentaciones de libros, y de mesas redondas en redacciones, me hubiera sido imposible no conocerlo si tan sólo se hubiera asomado. Pero Kloster había hecho en esos años de su terca no aparición una leyenda, que era, suponía yo, otra forma de la altura desdeñosa con que debía mirarnos. Algunos habíamos jugado incluso con la idea de que Kloster en verdad no existiera, que fuera la invención conjunta de otros escritores, como el Nicolás Bourbaki de los matemáticos, o bien de un dúo de amantes secretos de nuestras letras, que no podían escribir juntos sus nombres. Las dos o tres fotos no muy nítidas que se repetían desde hacía años en las contratapas de sus libros podían ser fácilmente parte de un truco. Habíamos hecho bromas y conjeturas, y yuxtaposiciones de todo tipo, pero Kloster parecía demasiado distinto, separado por abismos de la galaxia argentina, como una estrella fría y lejana. Y en los años siguientes, cuando Kloster había consumado esa transformación espectacular y estaba frenéticamente en todos lados, yo había hecho mi propio viaje al fin de la noche, y a mi regreso, si alguna vez había regresado, había preferido apartarme de todo y de todos, para encerrarme casi como un fóbico entre las cuatro paredes de mi departamento. Nunca había vuelto al ruedo literario y apenas salía ahora para mis caminatas y mis clases. Habíamos tenido así un desencuentro perfecto. Algo nos separaba todavía más. Cuando Kloster había cometido lo imperdonable —tener su primer gran éxito— la máquina de pequeños resentimientos del mundillo literario se había puesto en marcha contra él. Lo que había sido un secreto bien guardado, que se transmitía en voz baja con admiración desconcertada entre los buscadores de nombres escondidos, ahora había quedado a la vista de todos, al precio democrático de cualquier otro autor argentino, y en la gran ola de reconocimiento también los libros anteriores de Kloster habían reaparecido a la luz. Los lectores rasos, por miles, se apoderaban de pronto de esas primeras ediciones que habían circulado como una contraseña entre conocedores. Esto sólo podía significar una cosa: que Kloster no podía ser tan bueno como habíamos creído. Que debíamos, rápidamente, rectificarnos y disparar contra él. Para mi vergüenza, yo también había participado en el pelotón de fusilamiento, con un artículo en el que ensayaba todas las formas de la ironía contra el escritor que más admiraba. Había sido poco después de resignar a Luciana, todavía herido por saber —por creer— que ella había vuelto junto a él. Y si bien habían pasado casi diez años, y aunque el artículo había aparecido en una revista oscura que ya ni siquiera existía, yo conocía demasiado bien la red de redes de la intriga literaria: alguien, sin duda, se lo habría puesto en algún momento debajo de los ojos y si lo había leído —y era la mitad de vengativo de lo que Luciana creía—, nunca me lo habría perdonado.

No podía imaginar siquiera la posibilidad de llamarlo y decirle mi nombre: temía que colgara de inmediato, antes de que pudiera pronunciar la primera frase. Pensé en alternativas cada vez más disparatadas: presentarme directamente en la puerta de su casa, fraguar un encuentro en la calle, hacerme pasar, con otro nombre, por un periodista. Pero aun si lograba transponer aquella primera valla, aun si lograba comparecer frente al hombre en la fortaleza de su fama para intercambiar unas palabras con él, ¿cómo hablarle a continuación de Luciana, cómo introducir el verdadero tema, sin que la conversación acabara antes de empezar? Me fui a dormir con una irritación dirigida sobre todo contra mí mismo, por haberme metido, una vez más, en un problema que no era mío y del que ya pedía a gritos salir. ¿Por qué había dicho que sí cuando todo adentro de mí decía que no?, volví a preguntarme. Siempre somos demasiado buenos con las mujeres, hubiera dicho Queneau. Y aún con sus fantasmas, pensé, en la oscuridad pesada de mi cuarto, sin lograr evocar nada del rostro de la verdadera Luciana diez años atrás.

Al día siguiente me desperté como si hubiera dejado atrás una noche tormentosa y tuviera otra vez, a pesar de la resaca, los sentidos recobrados y en calma, como instrumentos confiables. A la luz tibia y familiar del sol que entraba por la ventana sentí que oscilaba a la incredulidad, y a la sospecha de que había sido enredado por aquella aparición del pasado con una serie de mentiras cuidadosas. Bajé a desayunar a un bar, famélico sobre todo de cafeína, y mientras repasaba mentalmente la historia de Luciana en busca de contradicciones o deslices, me daba cuenta, por un resquicio de esta misma lucidez ecuánime, de que si prefería ahora poner en duda lo que había escuchado, era antes que nada para librarme de la misión absurda que había asumido.

No tenía que dar clase ese lunes, por supuesto, pero sí debía ir hasta el Bajo, a recoger los pasajes para mi vuelo del miércoles a la ciudad de Salinas, donde me habían invitado a dictar un curso de posgrado en la Universidad del Oeste. En el Bajo, también, estaba la redacción de uno de los diarios para los que había hecho reseñas durante algún tiempo. Decidí que antes de dar cualquier paso valdría la pena ir a consultar los archivos para asegurarme de que al menos los hechos más obvios eran verdaderos. Cuando llegué a los edificios antiguos cerca del río, me sentí yo mismo un espectro que volvía después de demasiado tiempo a un sitio que ya no existía. La fachada estaba tapizada como una catedral en refacción, detrás de retículos de hierro, irreconocible por una reforma que todavía no estaba terminada. Intenté encontrar la entrada por unos pasadizos provisorios de tablones y carteles con flechas. Alguien que había salido a fumar afuera me saludó desde lejos sin demasiada sorpresa ni entusiasmo; devolví automáticamente el saludo sin estar demasiado seguro de quién podría ser. También las recepcionistas de la entrada habían cambiado, pero el sótano con los archivos permanecía intacto, como si hubiera sido demasiado difícil mover el pasado. Bajé las escaleras y volví a aspirar el olor a humedad de las paredes descascaradas y sentí bajo los pies el crujido delator de la pinotea vencida. Estaba solo allí abajo y supuse que la bibliotecaria habría salido a buscar su almuerzo. Revisé por mí mismo en los estantes ordenados por fechas. Las dos primeras muertes habían ocurrido antes de que los diarios fueran digitalizados pero encontré rápidamente los biblioratos con los ejemplares de cada año. La primera de las noticias estuve a punto de pasarla por alto: ocupaba apenas un recuadro casi perdido al pie de una página. El título era «Guardavidas ahogado». Ni siquiera aparecía allí el nombre de Luciana, sólo se decía que las tareas de rescate habían sido infructuosas y que la temperatura del agua y la extenuación le habían provocado al joven guardavidas calambres masivos, a pesar de su entrenamiento. Aquello era todo: no había al día siguiente ninguna clase de ampliación e imaginé que nadie en la costa había querido dar demasiada publicidad a esa muerte a principios de la temporada.

La noticia sobre el envenenamiento de los padres, casi al final del bibliorato siguiente, ocupaba en cambio más de media página. Había una foto ya algo borrosa de un árbol, con dos o tres hongos al pie, y un diagrama comparativo del *Amanita Phalloides* con un champignon común. Una flecha señalaba la volva desprendida, tal como me había explicado Luciana. En el cuerpo de la nota se mencionaba que el matrimonio tenía tres hijos, pero ninguno estaba en la casa con ellos. No se daban los nombres, y el apellido de Luciana era lo bastante común como para que hubiera pasado la noticia por alto en el caso de que realmente la hubiera leído en su momento. La noticia se continuaba al día siguiente en un espacio algo más reducido, donde se explicaba que el peritaje del bosque había confirmado la presencia de la especie venenosa. Se hablaba de la migración de las esporas llevadas por los vientos y se alertaba sobre los peligros de la recolección casera.

Llevé los ejemplares a la fotocopiadora y mientras insertaba las monedas y aprisionaba las páginas a la espera de que el haz de luz las recorriera tuve la sensación de que una idea todavía demasiado vaga buscaba cómo expresarse, como si fuera un animal esquivo que estuviera merodeando, a punto de tocarme, a punto de huir, en el silencio del sótano. Volví en un impulso a las filas de biblioratos y busqué los ejemplares con la noticia de la tercera muerte. La progresión era aquí al revés: la noticia había empezado como un recuadro perdido en la página de policiales y luego, a medida que se descubrían las implicaciones políticas, había tomado cada vez mayor dimensión, hasta llegar a la tapa. Leí la crónica del primer día, todavía sin fotos. El asesino, aparentemente, había esperado al médico muy tarde de noche, cerca de la entrada de su edificio, y lo había encañonado con su revólver. El hermano de Luciana no se había resistido, quizá porque pensó que se trataba sólo de un robo. Habían subido juntos en el ascensor hasta su departamento. Los vecinos escucharon entonces un terrible tumulto y los gritos del médico en medio de una pelea. Alguien había llamado a la policía. La puerta del departamento había quedado abierta y el revólver estaba a la vista sobre una repisa, como si el asesino lo hubiera dejado allí apenas traspuso la puerta. El cuerpo del médico estaba en el centro del living, con la cuenca de los ojos vaciada y una herida enorme en el cuello, que posiblemente fuera una dentellada. Habían encontrado al asesino acorralado en la terraza del edificio, con la boca manchada de sangre; cuando lograron abrirle el puño tenía aprisionadas y hechas pulpa las dos pupilas con sus córneas. En la declaración dijo que pensaba arrojárselas a la cara a su mujer antes de matarla. Busqué el ejemplar del día siguiente. La noticia ocupaba ahora más de media página. Se había descubierto que el hombre que acababan de atrapar figuraba como recluso de una cárcel de máxima seguridad, con condena perpetua, y nadie podía dar una explicación de cómo se había fugado. Había una foto de la cara tomada de frente, con los ojos borrados de toda expresión, posiblemente la que figuraba en su ficha policial. Una frente ancha, el cráneo limpio y pelado, con dos franjas angostas de pelo sobre las orejas, una nariz filosa, unos rasgos de cortes netos y vulgares, que nada decían de crímenes y carnicerías. La autopsia había revelado algunos detalles más. El agresor, en efecto, no había usado más que sus manos y sus dientes, la víctima apenas se había resistido, no había llegado a devolver ningún golpe. El recluso era famoso por dejarse crecer las uñas en prisión, y ya antes le había arrancado un ojo a otro preso en una pelea. No se había podido determinar si el médico estaba o no conciente cuando le habían vaciado las órbitas. La causa de la muerte, de todas maneras, había sido la sección de la arteria yugular. Se revelaba también en la nota que el médico había tenido relación con la mujer del asesino, a la que había conocido durante una de las visitas de ella a la cárcel, pero nada se mencionaba de las cartas anónimas de las que me había hablado Luciana.

Pasé al próximo día. Los titulares habían llegado a la primera plana. Se había descubierto que el preso nunca se había fugado, sino que los guardacárceles lo habían dejado salir para que participara en un robo. El Ministerio del Interior había intervenido y se esperaba de un momento a otro la renuncia del jefe del Servicio Penitenciario. La investigación había cambiado de manos y ahora la llevaba adelante el comisario Ramoneda, del que me había hablado Luciana. Aun así, mientras leía esta nota —que era por mucho la más larga— sentía que la pista se iba desvaneciendo y, como en el juego de la infancia, pasaba de tibio, tibio, a frío. No, decididamente no era nada de esto lo que había creído ver. Era algo anterior que otra vez, al leer, se me había pasado por alto. Llevé a la fotocopiadora la crónica del primer día y después fui hasta uno de los escritorios y dispuse una a continuación de la otra las tres noticias fotocopiadas. Volví a leerlas. Casi nada parecía unirlas, si no fuera por el relato de Luciana. No había regularidad en las fechas: las dos primeras muertes habían ocurrido en el lapso de un año, pero la tercera recién tres años después, y ahora habían pasado más de cuatro años sin que ocurriera nada más. Parecía haber, en todo caso, un proceso de lentificación. No había tampoco un patrón obvio que las articulara y que pudiera reconocerse «desde afuera». Había incluso algo así como una incongruencia estética: si los dos primeros casos hacían recordar hasta cierto punto

95

la clase de crímenes sutiles que imaginaba Kloster en sus novelas, la tercera, brutal y sanguinaria, estaba en las antípodas de lo que era su estilo, por lo menos su estilo literario. Aunque eso bien podía ser, por supuesto, parte del plan, y de la más obvia prudencia: que algunas de las muertes fueran muy distintas de las que aparecían en sus libros. Recordé la voz angustiada de Luciana en su primer llamado. *Nadie lo sabe, nadie se entera.* No, nadie lo sabía, nadie se enteraba, aunque las tres noticias habían salido en los diarios, aunque las tres muertes estaban allí, a la vista de todos, y una de ellas había alcanzado la dimensión de un escándalo. Pero ¿verdaderamente no había nada que las uniera? Yo había creído ver algo un instante antes, algo que se me escapaba y sin embargo seguía estando allí. Creí tener de pronto la respuesta, aunque no parecía servir demasiado. Era un detalle que había mencionado Luciana, mientras me relataba la muerte de su hermano. Las manos *desnudas*. En la crónica del primer día también se mencionaba esto: el asesino había dejado a un lado su arma y no había usado otra cosa que sus manos y sus dientes. Presentía que era aquello, y aun así, como si la figura apenas entrevista volviera a disolverse, no alcanzaba a percibir enteramente la conexión. Pero ¿tenía esto algún sentido? Aun si aceptaba que Kloster estaba detrás de aquellas muertes, aun si aceptaba que realmente había escrito esos anónimos de los que no hablaba ninguna de las notas, no parecía haber modo de que él ni nadie pudiera prever que el asesino dejaría el arma para usar solamente sus manos. ¿O habría quizá un código carcelario que yo no conocía de cobrar la infidelidad matando cuerpo a cuerpo, con las manos desnudas? Me prometí tratar de averiguarlo. De todas maneras, y antes que esto: Kloster podría haberse enterado, con sólo seguir al hermano de Luciana, de su relación con la mujer del preso, pero parecía mucho más difícil que supiera además que ese preso condenado a cadena perpetua salía a la calle a robar.

Cada vez que pensaba en Kloster los argumentos en su contra se volvían retorcidos e increíbles, pero a la vez, lo sabía bien, también las tramas que concebía Kloster en sus novelas eran a su manera retorcidas e increíbles hasta la última página. Era justamente ese elemento excesivo, desmesurado, lo que me impedía descartarlo del todo.

Doblé en cuatro las páginas y salí del subsuelo directamente a la calle, sin decidirme a subir hasta la redacción para saludar a los que habían sido mis antiguos compañeros. Temía en realidad no encontrar a ninguno. Volví caminando, con la esperanza de que se me ocurriera en medio del paseo una excusa razonable —o bien una mentira convincente— para llamar a Kloster. Cuando subía a mi departamento, todavía adentro del ascensor, escuché detrás de mi puerta el teléfono que sonaba por última vez y quedaba enmudecido. Nadie me llamaba últimamente y al abrir, en el silencio amplificado del último eco, mi departamento me pareció más que nunca solitario. No me hacía, a la vez, ilusiones sobre el llamado: sabía bien quién era y qué me preguntaría. Pensé que de todas maneras ella tenía razón sobre la alfombrita gris: debía encontrar en algún momento las fuerzas para cambiarla. Fui a la cocina a prepararme un café y antes de que terminara de enjuagar la taza el teléfono volvió a sonar. Me pregunté desde qué hora de la mañana me estaría llamando con esa intermitencia de cinco minutos. Era, en efecto, Luciana.

—¿Pudiste hablar con él?

Su voz sonaba ansiosa y a la vez había en el tono algo ligeramente imperioso, como si el favor que me había arrancado entre lágrimas la noche anterior se hubiese convertido por la mañana en una obligación de la que ya tenía que rendir cuentas.

—No, todavía no; en realidad ni siquiera tengo el número de teléfono, pensaba llamar ahora a mi editor…

—Yo sí lo tengo —me interrumpió—, ya te lo paso.

—¿Es el número de la casa adonde ibas?

—No, tuvo que mudarse de esa casa después del divorcio.

Me pregunté cómo habría hecho para conseguir el nuevo número. Y también, reparé en ese momento, Luciana tenía que saber su nueva dirección: ¿de qué otro modo podría haberle enviado la carta? Si fuera cierto que Kloster vigilaba en secreto cada paso de ella, la vigilancia había sido, por lo visto, simétrica. Reapareció la voz de ella, a duras penas contenida, como si me hubiera dejado sin excusas.

—Entonces, ¿vas a llamarlo ahora?

—La verdad, no se me ocurre todavía la manera. Ni siquiera lo conozco. Y llamarlo de pronto, para hablarle de algo así… Además —dije— yo escribí una vez un artículo no muy agradable sobre él, si por casualidad lo leyó, no creo que me deje decir ni la primera palabra.

A medida que amontonaba excusa tras excusa me sentía cada vez más miserable. Pero ella no me dejó continuar.

—Hay una forma —dijo, con un tono repentinamente sombrío—, algo que podrías decirle si todo lo demás falla. Después de todo, él debe estar convencido de que yo enloquecí por completo en este tiempo. Podés decirle que tuviste una conversación conmigo que te dejó alarmado. Que querrías contársela, porque te quedó la sensación de que yo estaba en un estado de absoluta desesperación, que me sentía acorralada, y que te dejé entrever que podría llegar al extremo de intentar algo contra él. Al fin y al cabo pensé mil veces algo así: *anticiparme a él*. Y sería en defensa propia. Ya lo hubiera hecho si sólo tuviera el valor, o se me ocurriera, como a él, una manera de quedar a salvo. Cuando escuche que su vida podría estar en peligro, seguramente querrá saber más.

La oía con el escalofrío y la distancia que provoca una obsesión ajena, pero tenía que reconocer que era una idea mejor que todas las que se me habían ocurrido hasta entonces.

—Bien —dije—, lo voy a tener en cuenta como último recurso.

—¿Vas a llamarlo entonces ahora? Por favor —dijo, y su voz se quebró de pronto—. No sé cuánto tiempo tenemos: estoy segura de que está a punto de intentar algo.

—Claro que sí, ya te lo prometí —dije—. Voy a llamarlo ahora, voy a hablar con él y todo se va a aclarar.

Colgué y me quedé mirando con irritación el número de teléfono que acababa de anotar, como si fuera una inscripción dejada por un extraño que tuviera un latido, un tic tac propio. No había encontrado ningún papelito a mano, y lo había escrito en el bloc rayado donde tomaba apuntes, debajo de una lista de títulos provisorios de libros en espera. Supe de pronto lo que debía hacer, y la simplicidad de la solución casi me hizo sonreír. Por supuesto. Por supuesto. Nada más natural. Lo único que Kloster podría creerme. Le diría que estaba por escribir una novela.

CINCO

—¿Kloster?

—¿Sí?

La voz sonó grave y áspera, con un tono un poco impaciente, como si hubiera levantado el teléfono en medio de algo.

—Me pasó su número Campari —dije, dispuesto a mentir todas las veces que fueran necesarias. Pronuncié mi nombre y quedé en vilo. Creí que estaba arriesgando en el principio una ficha demasiado alta, pero no pareció despertar del otro lado el menor reconocimiento—. Yo también publiqué mis dos primeras novelas con Campari —agregué, no muy seguro de que aquello sirviera de contraseña.

—Ah sí, claro que sí: el autor de *La decepción*.

—*La deserción* —corregí, algo humillado, y aclaré, en un reflejo defensivo—. Ésa fue la primera.

—*La deserción*, claro, ahora me acuerdo mejor. Un título curioso, bastante extremo para una primera novela. Recuerdo que traté de imaginar cómo llamaría a la segunda. ¿*Con el rabo entre las patas*? Parecía que en esa época usted sólo hubiera leído a Lyotard: estaba ansioso por abandonar antes de empezar. Aunque también había algo hacia el final de *Las ilusiones perdidas*, ¿no es cierto? Me alegro de que después haya escrito otra. Ésa es la paradoja de los que anuncian deserciones, límites, caminos sin salida: que después quieren, de todos modos, escribir la próxima. Yo hubiera apostado que usted se dedicaría a la crítica. Creo que en algún momento vi su nombre debajo de alguna reseña. Una reseña con todas las palabritas. Y pensé que no me había equivocado.

¿Habría leído entonces, quizá también, la nota que había escrito sobre sus libros? Nada en su tono permitía saberlo definitivamente. Pero al menos todavía no había colgado el teléfono.

—Hice críticas durante un par de años —dije—. Pero nunca dejé de escribir: mi segunda novela, *Los aleatorios*, apareció el mismo año que su *Día del muerto*, aunque no con tanta suerte. Y en estos años escribí otras dos más —dije, herido a mi pesar de que mis libros le resultaran tan desconocidos.

—No me enteré, supongo que debería estar más atento a las novedades. Pero me alegro por usted: de profeta del abandono ya está por convertirse en un autor prolífico. Aunque seguramente no me llama para hablar de sus libros ni de los míos.

—En verdad sí —dije—. Lo llamo porque estoy por escribir ahora una novela sobre una historia real...

—¿*Real*? —me interrumpió, con un tono de burla—. Cuántos cambios. Creí que usted abominaba de los realismos y que sólo le interesaba no sé qué experimento arriesgadísimo del lenguaje.

—Tiene razón —acepté, dispuesto a dejar pasar los golpes—. Esto es muy diferente de todo lo que escribí hasta ahora. Es algo que me contaron y quisiera transcribir exactamente, casi como una crónica, o un reportaje. De todas maneras, suena tan increíble que nadie lo confundiría con un caso verdadero. Salvo, quizá, las personas involucradas. Es por eso que lo llamo —dije, y quedé a la espera de su reacción.

—¿Soy una de las personas involucradas? —parecía divertido y todavía ligeramente incrédulo.

—Yo diría que es el personaje principal.

Hubo un silencio del otro lado, como si Kloster ya tuviera el presentimiento correcto y se preparase a jugar una partida diferente.

—Ya veo —dijo—. ¿Y de qué trata esa historia que le contaron?

—De una sucesión de muertes inexplicables, alrededor de la misma persona.

—¿Una historia de *crímenes*? ¿Así que piensa internarse en mis territorios? Lo que no entiendo —dijo después de un segundo— es cómo podría ser yo el protagonista de una historia así. ¿Soy acaso la próxima víctima? —preguntó en un tono de fingida alarma—. Sé que algunos escritores de su generación quisieran verme muerto lo antes posible, pero siempre pensé que era metafórico, espero que no estén dispuestos a pasar a la acción.

—No; no sería la víctima, sino más bien la persona detrás de estas muertes. Eso es lo que parece creer, al menos, la persona que me lo contó. —Y pronuncié el nombre completo de Luciana. Kloster soltó al escucharlo una risa seca y desagradable.

—Me preguntaba cuánto más demoraría en decirlo. Así que la dama de Shalott volvió a la carga. Supongo que debería estar agradecido: la última vez me envió un policía, se está refinando un poco con sus embajadores. Lo que no puedo creer es que alguien todavía esté dispuesto a escucharla. Pero claro, usted tenía alguna relación con ella, ¿no es cierto?

—Hacía diez años que no la veía. En realidad, no sé todavía cuánto le creí. Pero sí lo suficiente como para decidirme a escribir la historia. Aunque no quisiera publicarla, por supuesto, sin conocer la versión suya.

—La versión mía… es curioso que lo diga. Yo también estoy escribiendo desde hace años una historia, digamos, con los mismos personajes. Claro que seguramente será muy distinta de la de usted.

Aquello que acababa de oír me pareció una noticia providencial que acudía en mi ayuda. Después de todo, nada inquieta tanto a un escritor como enterarse de que alguien más ronda su tema. Sólo tenía ahora que jugar con cuidado mi carta.

—Si le parece —dije—, podríamos reunirnos cualquier día que tuviera un minuto de tiempo. Yo le mostraría estos papeles que escribí a partir de lo que me contó ella. Pero si usted me explica por qué no debería creerle, desistiría de toda la idea. No querría, por supuesto, publicar algo que pudiera dañarlo de manera gratuita.

Había dicho, como siempre, una palabra de más.

—Del modo en que lo plantea —dijo Kloster cortante— parece casi una extorsión. Ya me tocó una vez enfrentar las extorsiones de esa chica. ¿O de eso no le contó nada? Yo no tengo que convencerlo a usted de nada, yo no tengo que darle a nadie explicaciones. Si usted le da crédito a una loca, comprenderá que el problema no es mío. Será suyo.

Su voz subía cada vez más y creí que estaba a punto de colgar.

—No, no, claro que no —traté de apaciguarlo—. Por favor, no soy un enviado de ella, no tengo ninguna relación con ella, me vino a ver después de diez años y como le dije antes, también a mí me pareció que estaba un poco trastornada.

—Un poco trastornada… Usted sí que es benévolo. En fin, si tiene eso en claro, no tengo problema en que nos reunamos y yo también le contaré un par de cosas. Además, hay algo por mi parte que me gustaría preguntarle, un detalle que quisiera incluir en la novela. Pero ya hablaremos. ¿Tiene usted mi dirección?

Dije que sí.

—Bien, lo espero entonces mañana a las seis de la tarde.

SEIS

—¿Qué me parece? —dijo Kloster. Había hecho un gesto de aversión después de leer la última de mis hojas y apartó la pila que se había formado a un costado, como si no quisiera volver a verla. Se echó hacia atrás en su sillón y llevó las palmas hacia arriba hasta unirlas por sobre la cabeza. A pesar del frío que hacía afuera, tenía puesta solamente una camiseta de manga corta, y los brazos, largos y desnudos, formaron dos triángulos simétricos en suspenso.

Yo había pasado la noche sin dormir y no me sentía ahora con todas las luces para el enfrentamiento que se avecinaba. Había trabajado contra reloj para llevar adelante la pequeña farsa. Me había propuesto transcribir el relato de Luciana con la máxima exactitud, desde el momento en que había entrado en mi departamento. Había tratado de reponer una por una las preguntas que le había hecho, sus pausas, sus vacilaciones, aun sus frases interrumpidas. Pero había omitido todos mis pensamientos sobre ella y también —sobre todo— la impresión que me había provocado su aspecto y mis propias dudas sobre su estado mental. Sólo había quedado en el papel la sucesión desnuda de líneas de diálogo, el vaivén de las voces, tal como hubiera podido registrarlo un grabador. Había trabajado con la fijeza hipnótica que da la noche después de las horas, frotando una y otra vez el mismo recuerdo: la cara de Luciana en la penumbra creciente del cuarto y el grito aterrado con que me había suplicado que no quería morir. Había corregido y agregado detalles que reaparecían y desaparecían con la intermitencia cada vez más lenta de la memoria y en la madrugada, por fin, imprimí una veintena de páginas. Ése era el señuelo con que me había presentado, puntualmente, a las seis de la tarde, en la casa de Kloster.

Al tocar el timbre me había detenido en un instante de admiración ante la puerta de hierro imponente. Cuando el sonido de la chicharra me franqueó la entrada vi la gran escalera de mármol, los bronces, los espejos antiguos, con esa punzada de admiración cercana a la envidia que da la fortuna ajena, y no pude dejar de preguntarme cuántos miles y miles de ejemplares debían venderse para pagar en aquella zona una casa así. Kloster, que me esperaba en lo alto, me extendió la mano y me miró por un momento, como si quisiera asegurarse de que nunca nos habíamos visto antes. Era más alto de lo que hacían imaginar las fotos y aunque debía pasar ya los cincuenta, había algo poderoso en su figura erguida y juvenil, casi una jactancia de su estado atlético, que hacía recordar antes al nadador de mar abierto que al escritor. Pero aun así, y a pesar de la nota todavía vibrante que impartía su cuerpo, la cara estaba consumida, vaciada cruelmente, como si la carne se hubiera retirado para dejar aparecer el filo agresivo y desnudo de los huesos, y los ojos, en el mismo retroceso, se hubieran confinado a un nicho frío y celeste, desde donde me escrutaban con una fijeza desagradable. El contacto de su mano había sido rápido y seco y en el mismo movimiento me había señalado el camino a la biblioteca. No había condescendido al esbozo de una sonrisa, ni al intercambio de rigor de trivialidades, como si quisiera dejarme en claro desde el principio que no era del todo bienvenido. Pero a la vez, esta renuncia inicial a la cordialidad convencional allanaba paradójicamente el camino: ninguno de los dos debía hacerse ilusiones. Con todo, mientras me indicaba los sillones se ofreció a preparar café y yo, que había tomado taza tras taza desde la mañana para mantenerme despierto, igualmente acepté, y apenas desapareció en uno de los pasillos me levanté de mi sillón para mirar alrededor. La biblioteca era imponente, con estantes que llegaban cerca del techo. Aun así, no provocaban una sensación de agobio porque dos ventanales con vitraux daban respiro y alivio a las paredes. Había una lámpara de pie junto a otro sillón más apartado, donde Kloster seguramente se echaba a leer. Deambulé por las bibliotecas, dejando pasar el índice por el lomo de algunos libros. En el hueco de un estante, entre dos enciclopedias, ni escondida ni ostentada, reposaba con su cinta tricolor la Cruz de Honor de la Legión Francesa. Fui hasta otra biblioteca de cedro en medio de los ventanales, más angosta y con puertas vidriadas. Kloster había reunido allí las ediciones de sus propios libros, multiplicados en traducciones a docenas de lenguas, en toda clase de formatos, desde ediciones económicas de bolsillo a grandes tomos lujosos de tapa dura. Sentí otra vez, más agudo, el aguijón que me avergonzaba, el mismo sentimiento que, lo sabía, más allá de Luciana, me había espoleado contra Kloster en aquel artículo indigno y que podía resumirse en la queja silenciosa: *¿por qué él sí y yo no?* Sólo puedo decir en mi defensa que era difícil, frente a esa biblioteca, no sentirse un Enoch Soames desposeído y borroso. En dirección opuesta a la que había tomado Kloster había otro pasillo más angosto y bajo que parecía conducir a las dependencias de servicio, o tal vez al estudio donde trabajaba. La luz ya demasiado débil de la tarde dejaba este pasadizo en penumbras, pero alcancé a ver que las paredes estaban tapizadas de ambos lados con pequeños cuadros con fotos. Me acerqué, atraído irresistiblemente, a la primera: era una nenita muy linda, de tres o cuatro años, con el pelo alborotado y un vestido a lunares que, parada sobre una silla, trataba de alcanzar la altura de Kloster. La cara del escritor estaba totalmente transformada, o quizá debiera decir, transportada, por una sonrisa de expectación, a la espera de que la mano en equilibrio llegara a tocar su cabeza. La foto tenía un corte a un costado, que avanzaba en ángulo hacia arriba, como si hubieran hecho desaparecer con una prolija tijera otra figura de la escena. Escuché los pasos que volvían de la cocina y regresé a mi lugar en el sillón. Kloster dejó dos jarros de tamaño militar sobre la mesita de vidrio y gruñó algo sobre la falta de azúcar en la casa. Se sentó frente a mí y se apropió inmediatamente de la carpeta transparente donde había llevado las hojas.

—Así que ésta es la historia —dijo.

Por casi cuarenta minutos eso fue todo. Kloster había sacado las hojas sueltas de la carpeta y las había dispuesto como una pequeña pila sobre la mesa. Las alzaba de a una para leerlas y empezó a formar una segunda pila al dejarlas otra vez boca abajo. Yo estaba preparado para que protestara, para que se indignara, para que a partir de cierto punto las arrojara a un costado o las rompiera, pero Kloster avanzaba sin emitir un sonido y sólo parecía cada vez más ensombrecido, como si al leer se fuera internando otra vez en un pasado que lo había agobiado y que comparecía ahora otra vez con sus fantasmas de largas manos. Apenas en un par de ocasiones movió con incredulidad la cabeza y cuando por fin terminó, quedó con los ojos mirando el vacío durante un momento de silencio larguísimo, como si yo hubiera desaparecido por completo para él. Tampoco me miró cuando le pregunté qué le había parecido y sólo repitió la pregunta, como si le llegara no de un interlocutor humano sino desde adentro de sí mismo.

—¿Qué me parece? Un relato clínico asombroso. Como los que transcribe Oliver Sacks de sus pacientes. La extracción de la piedra de la locura. Supongo que tengo que agradecerle que yo no figure con mi verdadero nombre. Aunque el que eligió —y lo repitió despectivamente—, ¿a quién se le ocurriría?

—Sólo busqué un nombre que evocara por el sonido algo cerrado, como un convento —intenté explicarle. Nunca se me hubiera ocurrido que entre todas las acusaciones que acababa de leer pudiera molestarle aquello.

—Algo cerrado, ya veo. Y usted ¿quién sería? ¿El abierto Overt?

Aquello me sorprendió doblemente. No hubiera imaginado que Kloster leyera a Henry James, pero mucho menos que me arrojara de la nada, como una provocación, el nombre de uno de sus personajes. Eso no podía significar sino una cosa: que Kloster había leído también mi serie de artículos sobre James. Y si había leído esos artículos, tuve que concluir, también habría visto aquel otro en contra suyo, que había aparecido en la misma revista, y estaba ahora jugando conmigo al gato y el ratón. Le dije sólo la primera parte: que no hubiera sospechado que podría interesarle Henry James. Esto pareció ofenderlo muchísimo.

—¿Por qué? ¿Porque en mis novelas nunca hay menos de diez muertes y en las de James a lo sumo alguien no se casa con alguien? Usted, como escritor, no debiera dejarse confundir por detalles como crímenes y matrimonios. ¿Qué es lo que cuenta sobre todo en una novela policial? No los hechos por supuesto, no la sucesión de cadáveres, sino las conjeturas, las posibles explicaciones, lo que debe leerse *por detrás*. ¿Y no es exactamente esto, lo que cada personaje conjetura, la materia principal de James? El posible alcance de cada acción, el abismo de consecuencias y bifurcaciones... *El hombre no es más que la serie de sus actos*, escribió alguna vez Hegel. Y sin embargo, James levantó toda su obra en los intersticios entre acto y acto, en intercalaciones entre líneas de diálogo, en las segundas y terceras intenciones, en el infierno de vacilaciones y cálculos y estrategias que es la antesala de cada acto.

—Y también podría decirse —agregué yo en tono de conciliación— que en las novelas de James el casamiento *es* una forma de asesinato.

—Claro que sí: secuestro seguido de muerte —asintió, como si nunca lo hubiera pensado de ese modo, y lo sorprendiera, sobre todo, que yo hubiera dicho una frase entera con la que podía estar de acuerdo—. Es curioso que estemos hablando de James —dijo, y su tono, por primera vez, fue menos agresivo— porque en el principio de todo hubo un libro de él: sus *Cuadernos de notas.* —Y señaló hacia uno de los estantes en lo alto—. Si usted los miró alguna vez, recordará el prólogo, de León Edel. Yo nunca había leído una biografía de James, en general descreo bastante de las biografías de escritores, pero en esa introducción se comenta algo interesante: el momento en que James deja de escribir a mano y pasa a dictar sus novelas a taquígrafas y estenógrafas. Yo atravesaba en ese momento un problema similar. No una tendinitis de escritor precisamente, eso sería imposible en mi caso. Pero siempre tuve pensamiento ambulatorio y no lograba estar sentado el tiempo que necesitaba frente al escritorio. Caminaba por el cuarto, me sentaba a escribir un par de líneas y para poder continuar debía levantarme otra vez casi de inmediato. Eso me entorpecía terriblemente para avanzar. Al leer ese prólogo tuve de pronto la solución delante de los ojos. Así fue que contraté a Luciana.

—¿Cómo se puso en contacto con ella? —lo interrumpí. Aquello siempre me había intrigado.

—¿Cómo di con ella? Un aviso en el diario. No fue difícil. Era la única entre todas las postulantes que no tenía faltas de ortografía. Claro que vi también de inmediato que era lindísima. Pero no creí que esto pudiera ser un problema. No era la clase de chica por la que yo fuera a sentir atracción sexual. Para decirlo crudamente: no tenía tetas. Eso es algo que seguramente usted sabe mejor que yo —disparó—. Y me parecía perfecto que fuera así: como le dije, quería trabajar más y no menos.

—Entonces, ¿nada de lo que ella cuenta de la relación con usted ocurrió? —pregunté. Pareció irritarlo otra vez mi tono de incredulidad.

—Ocurrió. Pero de una manera bastante distinta de lo que ella dice. Por eso quería contarle yo también un par de cosas. Al principio todo marchaba bien. Increíblemente bien. Luciana había pasado sin reparos la primera inspección de mi ex esposa, que tenía el ojo adiestrado en anticipar futuros problemas y peligros en cualquier mujer que se me pudiera acercar. Creo que la subestimó porque la vio demasiado joven. O porque tenía ese cuerpo delgado de adolescente y el aspecto entusiasta de una colegiala aplicada. En la primera entrevista, también a mí me pareció que no había en ella ninguna clase de vibración sexual. Además, me dejó saber enseguida que tenía su novio y todo parecía claro y distinto como en el discurso cartesiano. Mi hija, sobre todo, la adoró desde el primer momento. Le dedicó toda una serie de dibujos, uno por día. Y corría a abrazarla cuando llegaba a la mañana. Al menos eso es verdad en lo que dice: Pauli tenía la fantasía de que eran hermanas. Luciana era muy agradable con ella. A veces le regalaba alguna de sus hebillas, o stickers de su carpeta. Tenía paciencia para escuchar sus pequeñas historias y se dejaba llevar de la mano hasta el cuarto de juegos un rato después de su hora. Pero el principal beneficiado había sido yo: desde que trabajaba con ella estaba avanzando como nunca en mi trabajo. Creí que había dado con el sistema perfecto. Era inteligente, despierta, nunca tenía que repetirle una frase, me seguía sin equivocarse cualquiera fuera la velocidad a la que le dictara. Es cierto que nunca le dictaba grandes fragmentos de corrido, no tengo precisamente el don de la elocuencia, pero ahora podía caminar de un lado a otro del estudio y hablar casi para mí mismo, y despreocuparme. A la vez, podía también confiar en ella para que me alertara sobre alguna coma que faltaba o una repetición de palabras en la misma página. Yo estaba encantado, había cobrado por ella un verdadero afecto. Le dictaba en esa época el principio de una novela sobre una secta de asesinos cainitas y por primera vez en mi vida de escritor lograba completar una página por día. Y por supuesto, como un bonus inesperado, era agradable de mirar. Yo, que había caminado por años a solas de lado a lado en mi estudio, con los ojos clavados en las líneas de la pinotea, ahora podía levantar cada tanto la cabeza y con sólo verla ahí, sentada con la espalda derecha en mi silla, lista para seguir, me sentía reconfortado. Sí, era muy agradable de mirar, pero yo estaba demasiado feliz con nuestro arreglo y no estaba dispuesto a arruinarlo. Me preocupaba solamente trabajar y evitaba incluso acercarme demasiado a ella, o tocarla, aunque fuera por descuido, y cualquier contacto físico que no fuera el beso en la mejilla cuando llegaba y cuando se iba.

—Pero cómo pudo ocurrir entonces que…

—Yo también me pregunté muchas veces después por la *progresión*. Porque no fue, se imaginará, una sola cosa. Digamos que al principio sólo percibí que quería agradarme y no le di a esto ningún signo. Me parecía natural: era su primer empleo y quería asegurarse de que yo estuviera contento con ella. Estuve a punto de decirle a veces que no se esforzara tanto, que ya lo había conseguido. Creo que yo se lo dejaba saber, de maneras diferentes, pero quizá me veía demasiado serio, o distante. O me temía un poco. Como fuera, se preocupaba por resolver cada detalle, y como si tuviera una facultad telepática, lograba muchas veces anticiparse a lo que yo iba a pedirle. Esto sí me resultó llamativo, cómo había logrado conocerme en tan poco tiempo. Se lo dije una vez y me respondió que quizá fuera que yo me parecía algo a su padre. Un día me quejé en voz alta de que la Biblia que consultaba para mi novela no tenía notas y a la mañana siguiente ella se apareció con ese libraco de Scofield que usted también vio. Me enteré entonces de que su padre tenía, aparte de su trabajo, una vida paralela como pastor de un movimiento llamado dispensacionalista, yo ni siquiera sabía que existía un grupo así. Son fundamentalistas, tienen sobre todo una manera literal de interpretar la Biblia. El padre tenía alguna jerarquía aquí en nuestro país, Luciana me contó que oficiaba los bautismos. Supongo que tuvo una educación religiosa muy estricta, aunque nunca hablaba de eso. Veo por su cara que usted no sabía nada de esto.

—No. Y no hubiera imaginado que venía de una familia particularmente religiosa.

—Seguramente trataba de sacárselo de encima. Quizá la decisión de empezar a trabajar tuvo que ver con esto. Fue la única vez que me habló de su padre. Me lo contó con ironía, como quien explica algo en lo que ya no cree del todo, una actividad bienintencionada pero que ahora la avergonzaba un poco. Me aclaró que su madre no compartía demasiado estas ideas. Y ella se esforzaba, por supuesto, para que nada se notara. Pero algo había quedado. Ese aspecto un poco grave y virtuoso. El afán de hacer todo perfecto. Tenía, sí, un sello eclesial. Los padres dejan sus tics. Aunque en la época en que empezó a trabajar conmigo creo que ya había descubierto que podía arrodillarse no sólo para rezar.

Había dicho esto último sin buscar mi mirada ni

mi complicidad, como si sólo consignara un hecho que había deducido por su cuenta. Aquello sí coincidía, pensé, con la primera imagen que había tenido yo de Luciana: una adolescente decidida, que dominaba las primeras escalas de la atracción sexual y ensayaba a extenderlas en otras direcciones.

—Al principio, como le digo, sólo había esto: pequeñas atenciones. Detalles. Una solicitud inmediata, atenta. Pero en algún momento me di cuenta de que más allá de lo que pudiera agradecerle, Luciana quería también que me fijara en *ella*. Empezó a dejar un instante más su mano en mi hombro cuando se despedía, cambió su manera de vestir, buscaba mis ojos ahora cada vez más seguido. Esto me divertía a mí un poco pero no le di demasiada importancia, creía que era sólo el orgullo de su edad, esa arrogancia de las mujeres lindas que dicen mírenme a cada hombre. Yo estaba dictándole en aquel momento un capítulo tremendamente sexual y en el fondo, ahora que conocía su formación religiosa, me preocupaba más que no huyera despavorida. Las dos mujeres que seducían al protagonista en esa novela tenían pechos grandes y yo me había detenido bastante en describirlos. Supongo que eso también pudo herirla en su orgullo y quiso demostrarse a sí misma que podía igualmente llamarme la atención. Cuando pasamos al capítulo siguiente se hablaba de la marca que había dejado una picadura de víbora en el brazo de una de estas mujeres. Un cráter que no dejaba de supurar y había dado lugar a una cicatriz hundida, con la forma de una moneda. Era el principio de la primavera y Luciana llevaba puesta una camiseta liviana de manga larga. Me dijo que a ella también le había quedado una marca así, de una vacuna, y bajó la camiseta desde el cuello por sobre el hombro para mostrarme. Yo estaba de pie junto a ella y vi el hombro desnudo, el bretel del corpiño desplazado, la hondonada mínima entre los pechos, y luego el brazo que me ofrecía con una mirada inocente. Me quedé petrificado por un momento delante de la cicatriz: era redonda y profunda como una quemadura de cigarrillo. Me daba cuenta, sobre todo, de que ella quería que la *tocara*. Apoyé el pulgar y le hice una caricia circular. Creo que se dio cuenta de mi turbación. Cuando levanté la mirada y encontré sus ojos vi pasar un relámpago brevísimo de triunfo, antes de que se acomodara el bretel con un gesto despreocupado y se volviera a subir la camiseta sobre el hombro. Nada más pasó por un tiempo, como si se hubiera conformado con esa victoria. Había querido que me fijara en ella y lo había logrado. Me daba cuenta, a mi pesar, de que ahora estaba pendiente de cualquier otra señal o mirada suya, y del repertorio siempre igual, siempre repetido, de las rutinas de cada mañana. Entonces, otro día, ella empezó una pequeña actuación con el cuello. Movía la cabeza de un lado a otro para hacer crujir las vértebras y echaba cada tanto la nuca hacia atrás como si tuviera un pinzamiento doloroso.

—Sí, sí —lo interrumpí, sin poder creerlo—. El truco del cuello. A mí también me lo hacía.

Pero Kloster apenas pareció escucharme y no se

detuvo, como si estuviera ya demasiado sumido en su relato.

—Le pregunté, por supuesto, qué le pasaba y me dio una explicación que le creí a medias, sobre la postura y la tensión de los brazos al escribir y la rigidez de los discos entre las vértebras. Aparentemente no la calmaban ni el ibuprofeno ni ningún otro desinflamante: me dijo que le habían recomendado yoga y masajes. Le pregunté dónde era exactamente que le dolía. Se inclinó sobre el teclado, puso una mano sobre el cuello y volcó hacia adelante todo su pelo. Fue un gesto espontáneo, confiado. Vi su cuello largo y desnudo, tendido para mí, con los eslabones precisos de las vértebras. Puso un dedo en un lugar intermedio, apoyé mis manos sobre sus hombros y deslicé los pulgares a lo largo del cuello. Ella estaba rígida, quieta, palpitante: creo que tan perturbada como yo. Pero no dijo ni una palabra y sentí que de a poco se iba abandonando al movimiento de mis dedos. Una ola de calor me subía por las manos desde sus hombros. Sentía que su cuello y todo en ella cedía y se disolvía bajo la presión de mis dedos. Creo que ella también sintió de pronto el peligro y la incomodidad de haberse abandonado por un instante. Se recompuso en su silla, se echó hacia atrás el pelo con las dos manos, me agradeció como si de verdad la hubiera aliviado y me dijo que ya se sentía mucho mejor. Tenía la cara arrebatada y los dos fingimos que aquello había sido algo intrascendente, que no merecía ningún comentario. Le pedí que preparara un café, se levantó sin mirarme y cuando volvió con la taza le seguí dictando como si no hubiera ocurrido nada. Yo diría que ése fue el segundo movimiento de la progresión. Creí que allí se acabaría todo, y que ella no querría ir más lejos. Pero a la vez esperaba cada día el próximo paso. Me daba cuenta de que había empezado a perder concentración en mi novela y de que estaba cada vez más pendiente ahora de las mínimas señales que emitía su cuerpo. Tenía previsto en esa época un viaje a una residencia de escritores en Italia, estaría fuera un mes entero, y ya estaba arrepentido de haber aceptado. Desde que había empezado a dictarle a Luciana, no podía ni siquiera imaginarme escribiendo otra vez solo, sentado frente a la pantalla. Claro está, tampoco podía *llevármela*. Creo que temía, sobre todo, que se interrumpiera ese acercamiento silencioso que habíamos tenido. El día anterior a mi viaje ella, que no había vuelto a quejarse, hizo crujir otra vez el cuello, como si el dolor nunca se hubiera retirado y ahora volviera intacto. Pasé una mano por debajo de su pelo y la apoyé en su cuello. Le pregunté si todavía le dolía y me hizo un gesto afirmativo, sin levantar los ojos. Empecé a masajearle el cuello con una sola mano y ella inclinó un poco la cabeza hacia adelante para dejar que mi mano avanzara hacia arriba. Pasé mi otra mano a un costado del cuello para sostenerle la cabeza. Tenía puesta una blusa suelta, desprendida hasta el segundo botón, y cuando mis manos rodearon el cuello, en el desplazamiento de la tela, se soltó un botón más. Ella no hizo ningún ademán para prenderlo. Estábamos los dos inmóviles, como hipnotizados, y sólo se movían mis manos sobre su cuello. Las corrí en un momento hacia los hombros y me di cuenta de que no llevaba corpiño. Me asomé un poco y pude ver sus picos pequeños de niña, apenas embolsados en la tela de la blusa. Por alguna razón esa súbita desnudez, tan imprevista, me detuvo. Fui yo el que retiró las manos esta vez, como si estuviera a un paso del abismo. Retrocedí y ella se recogió el pelo, lo retorció con un gesto nervioso y me preguntó, todavía sin mirarme, si debía preparar café. Supongo que ése fue el momento decisivo de la progresión. Y lo dejé pasar. Cuando regresó de la cocina tenía otra vez el botón prendido y de nuevo nada parecía haber ocurrido entre nosotros. Acordamos en que la volvería a llamar a mi regreso y le pagué todo aquel mes que yo estaría afuera, con la esperanza de que no tomara otro trabajo. Nos despedimos como si fuera casi otro día cualquiera. En Italia le compré un regalo, que nunca alcancé a darle. Varias veces me contuve de enviarle una tarjeta. Pasó aquel mes y cuando volví, la llamé de inmediato. Creí que todo volvería a ser como antes, que reestableceríamos donde habíamos dejado esa corriente subterránea, casi imperceptible, que llevaba en una única dirección. Pero algo había cambiado. Algo había cambiado y todo había cambiado. Cuando le pregunté qué había hecho durante ese tiempo me habló de usted. Por la entonación de su voz, por algo en el brillo de sus ojos, creí entender todo.

—¿Todo? —lo interrumpí sin poder contenerme—.

Fue más bien nada. Apenas me dejó besarla una vez.

Kloster esta vez sí me miró, detenidamente. Tomó un par de sorbos de su café y volvió a estudiarme por sobre el borde de la taza, como si no supiera hasta dónde podía confiar en mí y quisiera asegurarse de que le estaba diciendo la verdad.

—No parecía así por la manera en que ella hablaba. O mejor dicho, por lo que insinuaba. Por supuesto yo no tenía manera de preguntarle directamente, pero por algo que dijo, el mensaje era clarísimo y algo humillante. Me quiso dar a entender que usted había tenido en aquel único mes la rapidez que era necesaria. Como sea, no lograba dictarle una sola línea, estaba demasiado furioso y obsesionado con la sensación de que la había perdido. Sentada en su silla la sentía ahora como una extraña, de la que en verdad no conocía nada. No lograba volver a concentrarme en mi novela. Me di cuenta, con amargura, de que si el mecanismo de secretarias y estenógrafas había funcionado para Henry James, había sido por su indiferencia a la atracción de las mujeres. El gran Desatinador no es el Mal —ni el infinito, como creía nuestro Poeta—, sino el sexo. Yo también había subestimado a Luciana. Y ahora estaba abyectamente pendiente de ella, como si fuera otra vez un adolescente obnubilado de esperma. Me despreciaba a mí mismo. No podía creer que a esa edad me hubiera vuelto a ocurrir. Pasaron así unos días cada vez más tensos: no conseguía dictarle una palabra, como si la barrera silenciosa que había levantado contra mí se hubiera cerrado también al curso de mi novela. No podía avanzar un centímetro con ella y lo que más temía ahora es que tampoco ya pudiera avanzar sin ella. Lo que había imaginado como un mecanismo perfecto, se había convertido en una perfecta pesadilla. Mi novela más ambiciosa, la obra que había concebido durante años en silencio y para la que había ensayado como prolegómenos todos mis libros anteriores, estaba detenida, interrumpida, a la espera de una vibración, de una nota de ese cuerpo inmóvil, clausurado. Pero una mañana por fin me sobrepuse y recobré el impulso. Algo de mi amor propio. Empecé a dictarle una de las escenas más crueles de la novela, la primera matanza metódica de los asesinos cainitas, y me encontré de pronto llevado en vilo por mis propias palabras, que parecían a su vez llegar dictadas por otra voz dentro de mí, una voz poderosa, libre y salvaje. Yo, que tantas veces me había reído de las poses románticas, de los escritores que se vanaglorian de las órdenes que les dictan sus personajes, de las fábulas sobre la inspiración. Yo, que siempre había escrito a lo sumo frase por frase, en medio de vacilaciones, arrepentimientos, cálculos infinitesimales, estaba ahora arrastrado por esa marea de violencia vociferante y primitiva, que no dejaba tiempo ni espacio para dudas, que hablaba por mí en un rapto feroz pero bienvenido. Le dictaba a una velocidad desconocida, las frases se agolpaban y precipitaban una tras otra, pero Luciana podía seguir de todos modos el ritmo y no me interrumpió ni una sola vez. Parecía estar poseída por la misma velocidad, como si fuera una pianista virtuosa a

la que todavía no le había dado la oportunidad de ex-
hibirse. Eso duró quizá un par de horas, aunque me
parecía que el tiempo se había borrado, que estaba en
un limbo fuera de toda medida humana. Miré por sobre el hombro de Luciana y vi que el texto había
avanzado casi diez páginas, más de lo que escribía en
una semana entera. Me envolvió una oleada de buen
humor y la vi por primera vez en esos días de manera
distinta. Quizá yo había exagerado y me había apresu-
rado a sacar conclusiones. Quizá ella sólo había querido punzarme y lo había mencionado a usted como
parte de una táctica adolescente para poner a prueba
mis celos. Le hice un par de chistes y rió con la misma despreocupación de antes. Leí mal los signos de mi
propio entusiasmo, de esa repentina euforia. Le pedí
que hiciera un café y al incorporarse de la silla ella ar-
queó hacia atrás la espalda, se llevó una mano al cuello y volvió a hacer aquel crujido por el que tanto había esperado. Estaba muy cerca de mí y creí que era su
manera de poner a prueba una vieja contraseña, de
darme una indicación. Una segunda oportunidad.
Apoyé las dos manos sobre sus hombros, la hice girar
hacia mí y la atraje de la espalda para besarla. Pero me
había confundido, de una manera fatal. Ella se resistió,
me empujó hacia atrás, y aunque la solté de inmediato dio un grito agudo, como si temiera que de verdad
fuera a atacarla. Quedamos por un instante en silencio.
Tenía la cara desencajada y temblaba. Yo todavía no
podía entender qué había ocurrido. Ni siquiera le había tocado los labios. Se asomó mi hija a la puerta.

Pensé en ese momento que el grito quizá también lo había escuchado mi mujer. Logré tranquilizar a Pauli y cuando cerró la puerta del estudio nos quedamos otra vez solos. Cruzó delante de mí para alzar su bolsito. Me miraba como si me viera por primera vez, entre horrorizada y asqueada, como si yo hubiera cometido un crimen imperdonable. Me dijo con una furia apenas contenida que jamás volvería a pisar mi casa. Algo en su tono de indignación moral me sublevó, pero logré controlarme. Sólo le recordé que ella me había dado todas las señales. Aquello la indignó todavía más: cuáles señales, cuáles señales, me repetía y empezó otra vez a alzar la voz. Se atropellaba al hablar y luchaba para que no le brotaran lágrimas. A mí me parecía todavía increíble que ella hubiera reaccionado de ese modo tan abrupto y desproporcionado, pero escuché en la confusión de acusaciones la palabra «juicio» y de pronto, lentamente, todo pareció adquirir otro sentido. Un sentido más sórdido y mezquino. Recordé que pocos días atrás ella me había visto firmar varios contratos de traducciones. Recordé que la había enviado al correo con esos contratos y que nada impedía que ella hubiera espiado las cifras durante el trayecto. Recordé que en la correspondencia por e-mail yo había discutido algunas veces los montos de mis liquidaciones. Yo había sido siempre especialmente generoso con ella, era mi manera de demostrarle que estaba contento con su trabajo. Y Luciana me veía viajar y aceptar invitaciones de distintos países. Debía suponer que era poco menos que millonario.

—Ella me dijo que durante esa discusión no pensó verdaderamente en hacer una demanda, que fue una amenaza en el aire. Y que recién después la convenció su madre. ¿Usted cree acaso que todo era parte de un plan? ¿Que ella pudo ser tan calculadora?

—Acabo de leer el cuento de hadas y ogros que le contó a usted —dijo con frialdad—. ¿No le parece curioso que se haya olvidado tantos detalles? Puede preguntarle a ella sobre cada cosa que acabo de contarle. ¿O usted cree que yo podría abalanzarme sobre una mujer sin dar ni recibir ningún indicio? Fue la primera y la única vez en mi vida que me pasó algo así: no podía entender lo que había pasado. No me refiero al rechazo, sino a la reacción tan extrema. Lo único que le daba algún sentido a toda la situación era aquella amenaza de un juicio. A mí también me costaba creerlo al principio. Después de que se fue cien veces volví a preguntarme si había hecho algo tan grave. Sólo había querido besarla. Una vez. Yo también pensé que debía ser una amenaza en el vacío. Pero la carta documento llegó. Sin duda que llegó, dos días después. La abrí a solas en mi estudio. Cuando vi la letra manuscrita y la suma absurda que reclamaba pensé todavía que era algo hecho en un impulso, después de irse aquel día, una bravata. La primera frase, con la acusación por acoso sexual, casi me hizo saltar de indignación. Pero me parecía una acusación tan demencial que ni siquiera pensé en contestarla. Simplemente la rompí en pedazos para que mi mujer no la encontrara. Le había dicho a Mercedes que Luciana no vendría más porque había tomado un trabajo de horario completo y aunque le extrañó que no se hubiera despedido de Pauli, no hizo demasiadas preguntas. Pauli, en cambio, no dejaba de hablarme de ella. Pasó un mes sin que nada más ocurriera y pensé que todo aquello había quedado atrás. Pero el cartero volvió a tocar el timbre otra mañana. Yo estaba encerrado en mi estudio y mi mujer, para no interrumpirme, bajó a firmar por mí. Cuando golpeó la puerta ya había leído, por supuesto, el remitente. Dejó la carta sobre mi escritorio y se cruzó de brazos detrás de mí, a la espera de que la abriera. Creo que vio al mismo tiempo que yo la primera frase, que estaba repetida con la misma letra, como si la carta que yo había roto hubiera vuelto intacta. Vio esas dos palabras, la acusación infame, y me la arrancó de las manos. Yo supe que era el comienzo de la verdadera pesadilla. Cuando terminó de leerla Mercedes temblaba de odio y de felicidad. Era la oportunidad que había buscado durante mucho tiempo. La oportunidad de irse y arrancarme a Pauli. De llevársela para siempre. Mientras me gritaba y me insultaba levantaba la carta y me repetía que la iba a guardar, para que Pauli pudiera saber cuando creciera quién era verdaderamente su papito. Por supuesto, no me permitió explicarle nada. No quería escuchar ninguna explicación y creo que yo tampoco hubiera tenido en ese momento las fuerzas necesarias. Ya le había mentido el día que se fue Luciana y a sus ojos esto sólo podía significar que era culpable. Yo estaba anonadado, enmudecido, como si ya se hubiera puesto en marcha una catástrofe y sólo me quedara aguardar a las consecuencias. Nuestro matrimonio, en realidad, hacía mucho tiempo que estaba terminado. Pero antes de hablarle de Mercedes, para ser justo con ella, debería mostrarle algo —dijo de pronto, y se levantó de su sillón—. Si logro encontrarlo. O mejor venga, venga conmigo —dijo, y mientras esperaba a que yo me pusiera de pie señaló una de las arcadas hacia donde se bifurcaba por dentro la casa.

SIETE

Me levanté detrás de él y lo seguí por un corredor ancho, con pisos de roble, donde desembocaban varias puertas, que estaban todas cerradas. Abrió la última y entramos a su estudio. Vi antes que nada un gran ventanal que daba a un jardín hundido, inesperado, con algunos árboles y enredaderas que alcanzaban todas las paredes. Dentro del cuarto, que recibía la última luz del jardín, había un escritorio inmenso desbordado de libros y papeles, con dos filas de cajones y una silla de madera giratoria. En un desfiladero libre entre las pilas de libros, se veía una computadora portátil con la pantalla iluminada. Parte de los papeles y más y más libros parecían haber aterrizado en distintas épocas sobre una mesa en el centro de la habitación, en un limbo caótico y cada vez más atestado. Kloster me mostró la única silla y empezó a abrir, uno por uno, los cajones del escritorio. Por fin pareció dar con lo que buscaba y extrajo de lo hondo de un cajón una revista de programas de televisión, un poco arrugada por el paso del tiempo, con la foto de una actriz que yo no recordaba en la tapa.

—No guardé fotos de Mercedes pero aquí la tiene, tal como era cuando la conocí —dijo Kloster, y me extendió la revista. Comprendí que era su manera de explicarme por qué se había casado con ella, cuál había sido la única razón, una razón equivocada pero disculpable. Aunque por la distancia de los años el peinado se veía algo ridículo, la cara y los ojos vencían y capturaban la mirada. El rictus sensual de la boca lograba todavía su efecto, y el cuerpo, que se dejaba ver con una negligencia estudiada, daba en la plenitud de sus curvas la nota más alta. Imaginé que habría sido realmente difícil dejar de fijarse en ella. Kloster, que había encendido una lámpara, fue hasta el ventanal y se quedó de pie, de espaldas a mí, mirando hacia afuera el jardín cada vez más oscuro, como si quisiera mantenerse alejado de esa imagen.

—Muy poco después de casarnos, antes de que naciera Pauli, yo había advertido en Mercedes los primeros signos de su… desequilibrio. Llegué a proponerle la separación pero ella me amenazó en ese momento con suicidarse si yo la abandonaba. Verdaderamente le creí. Tuvimos una suerte de tregua y ella aprovechó, con esa astucia de la desesperación, para quedar embarazada. Tuvo un embarazo atroz, con una serie de complicaciones que yo no alcanzaba a saber si eran reales o inventadas. Cuando Pauli nació, Mercedes quedó exánime, tendida en la cama, durante un mes entero. Tenía aversión por su bebé. No quería que yo se la acercara. No quería ni tocarla. A duras penas lograba convencerla de que la retuviera en brazos el tiempo suficiente para amamantarla. Decía que Pauli la había vaciado por completo y ahora todavía seguía succionando de ella lo poco que le quedaba. Era impresionante de ver, porque realmente algo parecía haberse retirado para siempre de ella durante aquel embarazo. Sus facciones al engordar se habían disuelto, los rasgos quedaron en una extraña deriva y su cuerpo no conseguía recobrar las formas. Peor aún, cuando por fin volvió a levantarse empezó a comer con la determinación fría de un autómata, como si quisiera hacerse el mayor daño posible. Y todo lo que había sido su belleza estaba ahora sobreimpresa, como si hubiera volado para posarse intacta, en la carita de Pauli. Nunca había visto yo antes un parecido tan extremo, definido de una manera tan temprana, en un bebé. Era idéntica a su madre, a lo que había sido Mercedes en su momento más radiante, cuando yo la conocí. Finalmente Mercedes logró aceptarla, pero en el tiempo que había pasado Pauli se había acostumbrado a estar en mis brazos, y lloraba cada vez que ella intentaba alzarla. Esto, por supuesto, no ayudaba mucho. La convencí de que empezara un tratamiento psicológico y por un tiempo, en la superficie, las cosas parecían ir mejor. Hizo un esfuerzo por reconquistarla y logró que al menos Pauli ya no llorara cuando se quedaba a solas con ella. Hizo también un esfuerzo por adelgazar, que no le dio muchos resultados. A partir de un momento, esto ya no pareció importarle: había decidido que no volvería a trabajar. En realidad, sólo la absorbía por completo una cosa: disputarme a Pauli. Yo me había ocupado noche y día de ella durante el primer tiempo y estaba, naturalmente, más apegada a mí. A la vez, yo adoraba a esa bebita, con una clase de amor violento, absoluto, que nunca había sentido por nada ni por nadie. Tampoco por Mercedes, y ella lo sabía. No conseguía ocultar los celos y trataba por todos los medios de intrigar para separarme de ella. La primera palabra que dijo Pauli fue «papá» y Mercedes me acusó de habérsela enseñado en secreto, a sus espaldas, sólo para mortificarla. En su locura creía que verdaderamente estábamos librando una batalla. Las cosas empeoraron porque durante un largo tiempo Pauli no aprendió a decir «mamá». Advertí entonces los primeros síntomas de algo que me aterraba demasiado para reconocerlo de inmediato: Pauli temía quedarse a solas con ella. Empecé a notar marcas en la piel, rasguños, a veces un moretón. Sólo ocurría cuando Pauli se quedaba a solas con su madre. Y siempre había una explicación perfectamente razonable, porque Mercedes era, a su manera, muy astuta. A veces se anticipaba y me contaba que Pauli había tenido un accidente, o que se había rasguñado ella misma con las uñitas demasiado crecidas. Fingía preocuparse todavía más que yo por cada una de estas pequeñas lastimaduras. Pero me di cuenta de que le dejaba al alcance de la mano su taza de café caliente, o que no hacía el primer movimiento para detenerla cuando gateaba hacia la escalera. Parecía buscar, de una manera y otra, que

Pauli se accidentara. Pero esto, por supuesto, era tan horrible de pensar que yo no encontraba una manera de enfrentarla para decírselo. Aun así, presentía que la vida de Pauli realmente estaba en peligro y que sólo podría velar por ella si la tenía siempre bajo mis ojos. Traté de que aprendiera a hablar lo antes posible: quería que pudiera contarme cualquier daño que quisiera hacerle su madre. Y en efecto, apenas Pauli pudo hablar ya no volvió a sufrir accidentes ni a lastimarse sola. Por un tiempo pensé que la pesadilla había acabado pero creo que fue un repliegue momentáneo de Mercedes para planear mejor su próximo movimiento. No puedo llamar de otra manera que odio a lo que sentía por su propia hija. Sobre todo desde que Pauli, al empezar a hablar, hizo todavía más evidente el amor extasiado, infantil, que sentía por mí. Mercedes simplemente no podía tolerarlo. Fue entonces cuando, por primera vez, *ella* habló de divorcio. Siempre se había resistido a la idea de que nos separásemos, pero de pronto empezó a repetir, de una manera fría y metódica, los mismos argumentos que le había dado yo años atrás. La verdadera razón, y los dos lo sabíamos, era que podía contar con que cualquier juez le daría la tenencia de Pauli. Era una manera simple y perfecta de arrancármela. Me desesperé, por supuesto. Fingí, le rogué, me humillé. Ella sintió por primera vez el poder que podía ejercer sobre mí con aquella simple amenaza. Y lo utilizó. Era un juguete nuevo que le daba una diversión inesperada. Como la mujer del pescador en *Las mil y una noches*, exigió, exigió, exigió. Y yo accedí, accedí. Fundamentalmente dinero. Dinero que de ningún modo podíamos gastar y que a ella parecía darle un placer supremo hacerlo desaparecer en caprichos de niña rica delante de mis ojos. Se volvió cínica y cuando hacía algún gasto especialmente grande me decía que era por el bien de la literatura, porque ahora estaría obligado a escribir otra novela. En esa época me forcé a escribir un libro en apenas un año, contra mi lentitud de siempre, sólo para cobrar el anticipo. Era una novela donde un escritor ahorcaba a su mujer. Sabía que de todas maneras, ella ni se molestaría en leerla. Hubiera debido hacer exactamente eso, estrangularla. Y ahora Pauli estaría viva. Pero yo creía que había encontrado la manera de calmarla. Que en ese pacto un poco monstruoso que teníamos Pauli estaba a salvo. Mercedes ahora se limitaba sólo a burlarse de ella y del enamoramiento que tenía por mí, pero la había dejado en paz. De todas maneras, yo nunca bajé del todo la guardia y cuando viajé a Italia para esa residencia de un mes contraté a la enfermera que había cuidado hasta último momento a mi madre, para que se quedara como babysitter. Hablé en privado con ella y fue la única persona a la que pude confesarle lo que temía. Me escuchó en silencio y me prometió que no se apartaría ni un momento de Pauli y que la vigilaría también mientras durmiera. Ya había tratado una vez con una mujer que tenía el síndrome de Munchausen, con una patología muy parecida, y me aconsejó que apenas volviera del viaje buscara atención médica. Llamé cada día y todo fue bien. Demasiado bien.

Cuando volví me di cuenta de que Mercedes se las había arreglado de alguna manera para fingir magistralmente durante aquel mes y convencer a esta mujer de que ella era en realidad una madre amantísima y yo una clase de perverso peligroso que trataba de volver a Pauli contra ella desde el día de su nacimiento. Pude oler en el aire que habían formado entre ellas una alianza. Supe después, por desgracia mucho después, que la enfermera le había revelado a Mercedes lo que yo había dicho sobre ella. Esto debió ponerla sobre aviso y precipitar sus planes, pero yo no presté suficiente atención a todos los signos: estaba demasiado feliz de haber vuelto, de abrazar otra vez a Pauli, y de saber, sobre todo, que al día siguiente volvería a ver a Luciana.

Hizo una pausa y cuando volvió a hablar su voz bajó a un tono derrotado, como si todavía no pudiera encontrar sentido en la sucesión de los hechos.

—Después… ocurrió con Luciana lo que ya le conté, y Mercedes de pronto tenía en la mano esa carta. Su carta de triunfo. En menos de cuarenta y ocho horas ya había iniciado la demanda de divorcio y había conseguido una orden judicial para apartarme de la casa. De la casa que habíamos comprado íntegramente con mi dinero. Se quedó a solas allí con Pauli. Yo tuve que alojarme en un hotel mientras se resolvía un recurso que presentó mi abogado. Nunca hasta entonces había tenido que acudir a un abogado y de pronto tenía al mismo tiempo dos causas. En la primera visita al estudio recibí una lección inolvidable sobre lo que podía esperar de la justicia práctica. Quise contarle en detalle lo que había ocurrido con Luciana pero me interrumpió casi antes de que empezara. Lo que había sucedido entre los dos a solas en un cuarto cerrado era para los jueces indiferente: nunca podrían decidir entre la palabra de uno y de otro. La frase sobre el acoso sexual no tenía legalmente ninguna importancia: era una manera de declararse despedida, como podría haber recurrido a cualquier otra. A la justicia no le importa cuál es la verdad, me dijo, sino sólo las versiones que pueden demostrarse. La discusión se desplazaría a una cuestión de cargas sociales y aportes jubilatorios impagos. Es decir, papelitos que pudieran o no presentarse. Yo debía tener claro que todo se reducía a una cuestión de dinero y decidir si prefería cerrar el asunto con una cifra X durante la etapa conciliatoria o aguardar a que el juez estipulara otra cifra Y después de un juicio. Sin embargo, le hice notar, esa frase sobre el acoso sexual la usaba ahora mi mujer contra mí en el escrito que había presentado para justificar su demanda. El abogado me dijo que debía prepararme para acusaciones mucho peores. También eso era parte del juego. Le conté entonces de mis temores sobre Pauli, que había quedado a solas con su madre. Me preguntó si alguna otra persona había reparado en los cortes y lastimaduras que yo había advertido mientras Pauli era una bebita. Me dijo que él también tenía hijos y que muchas veces se habían lastimado solos. Quizá mi mujer era un poco más distraída que yo en la vigilancia. ¿Había tenido acaso algún accidente especialmente grave? ¿Le había quedado alguna marca o cicatriz? ¿Estaba yo absolutamente seguro de lo que estaba sugiriendo? Tuve que reconocer que nada malo le había pasado a Pauli en los últimos años. Me preguntó si la enfermera que contraté durante mi viaje había detectado en mi ausencia algo inusual de lo que pudiera dar testimonio. Tuve que decirle que no. Abrió las manos como si nada pudiera hacerse. Otra vez sería, me dijo, una palabra contra la otra. Le pregunté si de todas maneras podíamos presentar un escrito, aunque más no fuera como advertencia. Me dijo que cualquier juez lo desestimaría, que se necesitaba mucho más que una acusación en el aire para quitarle a una madre la custodia de su hija, que no debíamos entrar en el terreno de ellas, y que él prefería jugar durante el juicio la carta racional. Me pidió que le dejara los dos asuntos en sus manos y que se ocuparía de conseguir lo antes posible una orden para que pudiera ver a Pauli otra vez. Esto demoró casi un mes y tuvimos en el medio la primera audiencia de conciliación con Luciana, a la que fue solamente él. Yo me había desentendido de aquel asunto. En realidad lo único que me importaba en esos días era ver a Pauli otra vez. Por fin llegó la orden, con mis horarios de visita estipulados. Mi primer día era un jueves a las cinco de la tarde. Llamé un poco antes de la hora y no me contestó nadie. Pensé que era un último recurso de Mercedes para molestarme. Fui hasta la puerta de la que era mi casa y toqué timbre, pero nadie bajaba a abrirme. Probé abrir con mi llave pero Mercedes había cambiado la cerradura. Vi que en una de las ventanas había luz y grité el nombre de mi hija. Nadie me contestó. Creí que iba a enloquecer. Fui hasta una cerrajería y volví con un hombre que logró forzar la puerta con una barreta. Subí a la planta alta saltando los escalones de dos en dos. Vi primero el cuerpo de Mercedes, inmóvil sobre la cama, con su caja de pastillas sobre la mesa de luz. No me detuve a entrar. Llamaba a Pauli, pero había en la casa un silencio de muerte. No estaba en su habitación, ni en el cuarto de juegos. Vi entonces la luz encendida del baño a través del vidrio esmerilado. Entré y descorrí del todo la puerta de la mampara, que había quedado entreabierta. Pauli estaba allí, sumergida en la bañera, ahogada en treinta centímetros de agua, inmóvil, blanca, muerta quizá desde hacía horas, con el pelo esparcido como un alga. La arranqué del agua. Estaba fría y resbaladiza. Doblada sobre un banquito vi la ropa que se iba a poner para la primera salida conmigo. Lejos, muy lejos, escuché los gritos del cerrajero. Mercedes estaba viva y el hombre me decía que debíamos llamar a una ambulancia.

—¿Qué había ocurrido entonces? ¿Usted cree acaso que ella…?

—Según lo que declaró después había empezado a tomar, una o dos copas de cognac, mientras le preparaba el baño a Pauli. La dejó en la bañera y se fue a recostar un momento a la cama. Había tenido, dijo, un día agotador y se quedó dormida durante algo más de una hora. Cuando se despertó corrió al baño, porque no escuchaba ningún ruido de chapoteo. La había encontrado como yo, ahogada en el fondo de la bañera. No había intentado sacar el cuerpo del agua. Dijo que al verla así sólo quiso morir también ella de inmediato. Que no podía tolerar la idea de que era de algún modo culpable. De manera que volvió a la cama y se tomó todas las pastillas de dormir que quedaban en la caja. Sólo que no eran tantas. No las suficientes para matarla. Y sobre todo, por el horario de la visita, Mercedes podía contar con que yo llegaría a tiempo. Así fue, y apenas le hicieron un lavaje de estómago quedó fuera de peligro.

—Pero hubo una investigación, supongo. ¿O aceptaron al pie de la letra la versión de ella?

—Hubo una investigación y aceptaron la versión de ella. En el análisis forense descubrieron que Pauli tenía un hematoma en la nuca. Según la reconstrucción que propusieron, Pauli en algún momento quiso salir por sí misma de la bañera. Al descorrer la mampara se resbaló y el golpe en la nuca la desmayó antes de que se deslizara al fondo. Quizá gritó al resbalar pero al admitir que Mercedes estaba dormida, admitieron también que un grito no hubiera llegado a despertarla. La manera en que el agua penetró en los pulmones era compatible con un desmayo previo.

—¿Usted llegó a acusarla?

Kloster se quedó por un momento en silencio, como si mi pregunta le llegara de una dimensión lejana, o en el idioma de otra civilización. Me miró como si yo mismo perteneciera a otra especie.

—No: cuando usted tiene muerto a un hijo en sus brazos muchas cosas cambian. Y ya había visto lo que podía esperar de la justicia. Pero sobre todo, yo sabía quién era la verdadera culpable. Y la justicia de los hombres jamás podría alcanzarla. En esos días me sentí por primera vez fuera del género humano. Yo había revisado mucho antes, para mi novela de los cainitas, algunas ideas sobre la justicia, incluso le había dictado a Luciana algunos apuntes, era para mí en ese momento casi un juego intelectual. El primero era sobre la ley antigua del Talión, que figura ya en el Código de Hammurabi: vida por vida, ojo por ojo, diente por diente, mano por mano. Una ley que estamos acostumbrados a juzgar como cruel y primitiva. Y sin embargo, bien mirada, tiene ya una escala humana, un elemento de equiparación en sí mismo piadoso: el reconocimiento del otro como un igual, y una limitación, un refrenamiento, en la represalia. Porque, en realidad, la primera proporción para el castigo que se enuncia en la Biblia es la que fija Dios como advertencia a quienes quieran matar a Caín. Siete por uno. Por supuesto, esto podría tomarse como la cifra que elige Dios para sí, en su poder absoluto. Al poder siempre le interesa que el castigo sea excesivo, inolvidable. Que sea, sobre todo, un escarmiento. Pero a la vez, me preguntaba, dado que provenía de la máxima divinidad, de lo que se supone que es «la fuente de toda justicia», ¿podía haber algo más que la voluntad de aplastar? ¿Podía haber incluso un germen de razón en esta asimetría? ¿La voluntad, quizá, de diferenciar entre el atacante y el atacado? ¿De asegurarse que no quedaran igualados en el daño y que el agresor sufriera más que la víctima? ¿Cómo castigaría uno si fuera Dios? Había hecho estas anotaciones casi como un juego, una gimnasia preparatoria para mi novela. Y de pronto, mi hija estaba muerta y yo apenas podía entender esas palabras que había dictado. Porque toda idea de justicia, o de reparación, mira hacia delante, está ligada a la idea de un futuro y de una comunidad de hombres. Y yo sentía que algo se había roto definitivamente en mí. Que había dejado de pertenecer a toda comunidad y a todo tiempo futuro. Que estaba detenido, aullando, fuera de lo humano. Como sea, al volver a revisar esos papeles, encontré también la Biblia que Luciana me había prestado y recordé, como si formara parte de otra vida ya lejana, la vida de otra persona, que tenía una fecha de audiencia por aquella carta que lo había desencadenado todo. Llamé a mi abogado para cancelar sus servicios: como le dije, ya no quería saber más nada con la justicia humana. Fui yo mismo a la audiencia y le devolví a Luciana su Biblia. Por supuesto, la cinta roja estaba en esa página porque así había quedado después del dictado. No tenía ninguna intención de amenazarla. En realidad, sólo quería *hacerle saber*. Es paradójico todo lo que le ocurrió después, esa serie de… desgracias, porque el castigo que imaginaba para ella era en principio muy distinto.

Se quedó súbitamente callado, como si no pudiera ir más allá de esa frase, o como si hubiera dicho algo de lo que podría luego arrepentirse.

—Pero ¿por qué castigar a Luciana por la muerte de su hija? ¿No fue en todo caso su mujer la responsable?

—Usted no entiende. Ya le conté que Mercedes y yo teníamos un pacto. Y hasta ese momento lo habíamos respetado. ¿Jugó alguna vez al Go? —me preguntó de pronto.

Negué con la cabeza.

—A veces se llega a una posición en que los contendientes quedan atrapados en una repetición de jugadas. La posición Ko. Ninguno de los dos puede quebrar el encierro, porque una jugada fuera de las obligadas lo haría perder de inmediato. Sólo pueden repetirlas en círculo, una y otra vez. Así eran mis días con Mercedes. Habíamos alcanzado un equilibrio. Una posición Ko de la que dependía la vida de Pauli. Sólo era cuestión de tiempo hasta que Pauli creciera lo suficiente. Pero la carta de Luciana lo destruyó todo.

—Usted dijo antes que había imaginado un castigo para ella. ¿Cuál era ese castigo?

—Yo sólo quería que *recordara*. Que cada día al despertarse y cada noche al apagar la luz tuviera que recordar, como recordaba yo, que mientras ella estaba viva mi hija estaba muerta. Quería que su vida estuviera detenida, como estaba la mía, en ese recuerdo. Fue por eso que viajé ese primer verano a Villa Gesell. Sabía, por supuesto, que la iba a encontrar allí. No podía tolerar la idea de que pasara los días al sol mientras Pauli estaba para siempre bajo tierra, en ese cajoncito donde tuve que dejarla. Sólo quería que me viera allí, día tras día. Ése era todo mi plan de venganza. No imaginaba, por supuesto, que su novio pudiera ser tan imbécil como para entrar en el mar esa mañana. Lo vi desaparecer desde la rambla, cuando me iba, pero sólo pensé en ese momento que se había alejado demasiado. Recién me enteré de que se había ahogado al día siguiente, cuando fui a tomar mi café como cada mañana. Debo decir que me impresionó esa muerte, aunque en otro sentido. Yo siempre había sido ateo, pero me era difícil no ver en esa coincidencia una simetría, una señal más alta: mi hija había muerto ahogada en la bañera y ese chico también se había ahogado, a pesar de que era guardavidas. Como hundido por un dedo. ¿Y no es el mar acaso como la bañera de un Dios? De una manera accidental, pero a la vez *mágica*, en el sentido antiguo de simpatías, se había ejecutado y cumplido para mí la ley primitiva de ojo por ojo, diente por diente. Ahora había, como le dijo ella a usted, un muerto de cada lado. Pero ¿era esto suficiente? ¿Estaba verdaderamente equilibrada la balanza? Tenía de pronto, en carne viva, esa pregunta que había formulado meses atrás de forma abstracta. Decidí volver a Buenos Aires, a empezar una novela. Ésa es la novela de la que le hablé, y que escribo muy lentamente, con interrupciones, a la par de las otras, desde hace diez años. ¿Cómo castigaría uno si fuera Dios? No somos dioses, pero cada escritor es Dios en su propia página. Me dediqué a escribir, por las noches, esta novela secreta, página tras página. Es mi manera de rezar. Y eso es todo lo que hice, y en el fondo, lo único que hice en estos años. Nunca más volví a ver a Luciana.

—Sin embargo, ella me dijo que lo encontró en el cementerio, el día del entierro de sus padres. ¿Fue acaso una coincidencia que usted estuviera allí justo esa mañana?

—Estoy ahí *todas* las mañanas. Me hubiera visto también cualquier otro día: visitar la tumba de mi hija es parte de mi paseo diario. Y en realidad, ella me vio a mí. Yo no supe de la muerte de sus padres hasta que me llegó esa carta. La carta en que me pedía perdón. Me rogaba y suplicaba, como si yo estuviera detrás de esas desgracias. O como si tuviera el poder de detenerlas. Me di cuenta, por la sintaxis, de que ya estaba algo perturbada. Pero aun así, cuando mataron a su hermano, logró que la policía le diera algún crédito. También esto quería imputármelo a mí. Vino ese comisario, Ramoneda, a visitarme. Apenas sabía cómo disculparse. Pero me dijo que estaba obligado a seguir todas las pistas por la dimensión que había cobrado el asunto de los presos que salían a robar. Quería saber si yo había mantenido correspondencia con algún recluso de aquel penal. Le expliqué que, como en mis novelas hay en general muertes y crímenes, mucha gente las confunde con policiales y tenían bastante éxito dentro de las cárceles. Le conté que había recibido a través de los años cartas de presos de distintos penales donde me señalaban incluso algún error en uno u otro libro y me proponían como próximos temas sus propias historias. Quiso verlas y le di todas las que había guardado. Me habló de

Truman Capote mientras las revisaba. Estaba orgulloso de haber leído *A sangre fría* y de poder comentarla conmigo. En un momento me mostró esas cartas anónimas y bastante grotescas, que parecían escritas por una ex amante despechada. Me preguntó si yo, como escritor, podía inferir algo sobre el autor o la autora. Nunca pensé que estuviera tendiéndome una trampa, o que sospechara que las hubiera escrito *yo*. Creía hasta entonces que la visita estaba relacionada sólo con mi correspondencia con presos de esa cárcel. Recién después, cuando le dije lo poco que podía imaginar de la persona detrás de esas frases, me habló de Luciana. Ya había hecho una averiguación en la clínica psiquiátrica donde estuvo internada y volvió a disculparse por traer un asunto personal y tan lejano del pasado. Yo le mostré la carta de ella que había guardado. Cotejó delante de mí la caligrafía. En todo caso, parecía más inclinado a sospechar de ella que de mí. Me dijo que estaba acostumbrado a recibir confesiones de las maneras más imprevistas y extrañas. Me mencionó «El corazón delator» de Poe. Creo que quería demostrarme que también él había leído algunos libros. Conversamos un poco más de autores policiales, revisó mi biblioteca y me di cuenta de que esperaba que le regalara alguna de mis novelas. Así que eso hice y por fin se fue. No tuve más noticias de esa investigación, ni de Luciana. Creí que no volvería a saber de ella. Hasta que recibí su llamado.

Se acercó a la mesa, donde yo había dejado la revista, y volvió a guardarla en el cajón. Bajó la persiana del ventanal y me hizo un gesto para que volviéramos a la biblioteca. Caminamos de regreso en silencio hasta llegar otra vez junto a los sillones. La pila de hojas había quedado sobre la mesita, pero yo no hice el primer movimiento para guardarlas.

—Y bien, ¿hay algo más que quiere preguntarme?

Había muchas cosas más que quería preguntarle pero ninguna de ellas, me daba cuenta, querría responderlas. Aun así, decidí intentar al menos una.

—Ella dice aquí que usted detestaba todo lo que tuviera que ver con la exposición pública. Yo también me acuerdo que fue durante muchos años un escritor casi invisible. Y es verdad que de pronto todo eso cambió.

Kloster asintió, como si a él mismo lo hubiera sorprendido esa transformación.

—Después de la muerte de Pauli creí que iba a enloquecer. Habría enloquecido, sin duda, si me quedaba encerrado aquí. Los reportajes, las conferencias, las invitaciones, me obligaban a salir, a vestirme, a afeitarme, a recordar quién había sido, a pensar y responder como una persona normal. Era el único hilo que me quedaba tendido con el allí afuera, donde la vida proseguía. Me prestaba a todo esto, porque sabía que apenas regresaba aquí, estaría a solas con un único pensamiento. Eran mis excursiones a la normalidad, mi manera de conservar la lucidez. Representaba un papel, por supuesto, pero cuando usted declinó toda voluntad de ser y de persistir, representar fielmente un papel puede ser la última defensa contra la locura.

Me hizo una seña para que lo siguiera.

—Venga conmigo —dijo—; hay algo más que quiero mostrarle.

Lo seguí hacia la boca del corredor donde había visto la primera foto en la penumbra. Encendió una luz y el pasillo se iluminó. Había fotos colgadas de las paredes a ambos lados, de todos los tamaños, muy próximas entre sí, en una sucesión abigarrada que convertía al pasillo en un túnel sobrecogedor, con la imagen de la hija repetida en todas las actitudes. El único orden parecía el de la superposición.

Atravesamos el pasillo y Kloster sólo dijo:

—Me gustaba sacarle fotos: son todas las que pude rescatar.

Abrió una puerta al final del pasillo y pasamos a lo que parecía un gabinete o una dependencia de servicio abandonada. Las paredes estaban desnudas; había una única silla arrimada contra una esquina y un archivo de metal sobre el que se apoyaba una pequeña máquina rectangular. Sólo cuando Kloster apagó la luz del pasillo y quedamos a oscuras advertí que se trataba de un proyector. La pared frente a nosotros se iluminó, hubo un seco chirrido mecánico y apareció, regresada milagrosamente a la vida, la hija de Kloster. Estaba inclinada a lo lejos en lo que parecía un parque, o un jardín. Se incorporaba de pronto y corría hacia la cámara, con un ramito de flores que había arrancado entre el pasto. Venía hacia nosotros agitada, feliz, y al extender el ramito se escuchaba por un momento su voz infantil: «Éstas las junté para vos, papá». Una mano se abría para recibir las flores, mientras la hija de Kloster corría otra vez alejándose hacia el jardín. El escritor, de algún modo, se las había arreglado para que la escena se repitiera y la hija se alejaba y volvía hacia él de una manera interminable, con el mismo ramo en la mano y esas palabras que en la repetición sonaban cada vez más fantasmales y siniestras: *Éstas las junté para vos, papá.* Miré hacia atrás. El resplandor de la pared dejaba ver algo de la cara de Kloster. Estaba absorto, rígido, sumido en la contemplación, con los ojos fijos y pétreos como los de un muerto y sólo su dedo se movía con la fijeza de un autómata para pulsar cada vez el interruptor.

—¿Qué edad tenía en esta filmación? —pregunté. Sólo quería, en el fondo, interrumpirlo, huir de esa cripta.

—Cuatro años —dijo Kloster—. Es la última imagen que tengo de ella.

Apagó el proyector y volvió a prender la luz. Regresamos a la biblioteca y fue para mí como emerger otra vez al aire puro. Kloster señaló hacia atrás.

—Los primeros meses después de su muerte los pasé encerrado en ese cuarto. Allí también empecé la novela. Temía, sobre todo, olvidarla.

Habíamos quedado otra vez frente a frente en el centro de la biblioteca. Se quedó mirando cómo me ponía mi abrigo y juntaba las hojas para guardarlas en la carpeta.

—Y bien, no me dijo todavía qué piensa hacer con esto. ¿O es que todavía le cree a ella antes que a mí?

—Por lo que usted me dijo —respondí dubitativo— no habría ninguna razón para que Luciana deba temer otra desgracia. Y esta serie de muertes, tan cerca de ella, serían algo así como un exceso del azar, un ensañamiento de la mala suerte. ¿A usted no le llaman la atención?

—No tanto. Si usted tira al aire una moneda diez veces seguidas lo más probable es que tenga una seguidilla de tres o cuatro caras o cruces repetidas. Luciana pudo tener una racha de cruces en estos años. La distribución de las desgracias, como de los dones, no es equitativa. Y quizá haya incluso en el azar, en el largo plazo, una forma superior de administrar castigos. Conrad al menos creía esto: *No es la Justicia quien mejor sirve a los hombres, sino el accidente, el azar, la fortuna, aliados del paciente tiempo, los que llevan el balance parejo y escrupuloso.* ¿Pero no es paradójico que tenga que recordarle yo a usted que también existe el azar? ¿No es acaso usted el que escribió una novela que se llama *Los aleatorios*, no era usted el defensor ardoroso de los edificios de Perec y las barajas de Calvino, que estaba tan orgulloso de oponer a la anticuada causalidad en la narrativa, al gastado determinismo acción-reacción? Y de pronto viene aquí en busca de la Causa Primera, del demonio de Laplace, de una explicación unívoca de las que tanto desdeñaba. Una novela entera dedicada al azar, pero evidentemente nunca se tomó el trabajo de lanzar una moneda al aire, no sabe que el azar también tiene sus formas y sus rachas.

Quedé en silencio por un segundo, sosteniendo la

mirada despectiva de Kloster. De manera que había mirado mi novela. ¿Cuándo? ¿El día anterior, después de nuestra charla? ¿O me había mentido antes? Y no sólo había leído aquel artículo desgraciado sino que lo recordaba como para recitármelo de memoria. ¿No me estaba dando a su pesar y sin saberlo la prueba de su naturaleza vengativa y rencorosa? Pero también yo, al fin y al cabo, recordaba al pie de la letra las críticas adversas, también yo hubiera podido repetir algunas. Y si esto no me convertía a mí en un criminal, ¿podía imputárselo en su contra a Kloster? En todo caso, me sentí obligado a responderle algo.

—Es verdad que me aburre la causalidad clásica en literatura, pero puedo separar mis ideas literarias de la realidad. Y supongo que si murieran cuatro de mis familiares más cercanos, también yo empezaría a alarmarme y a buscar otras explicaciones…

—¿Verdaderamente puede? Quiero decir: separar sus ficciones de la realidad. Para bien o para mal, esto fue para mí lo más difícil desde que empecé esta novela. *La ficción compite con la vida*, decía James, y es cierto. Pero si la ficción *es* vida, si la ficción crea vida, también puede crear muerte. Yo era un cadáver después de enterrar a Pauli. Y aunque un cadáver ya no puede aspirar a crear vida, todavía puede crear muerte.

—¿Qué es lo que quiere decir? ¿Que en su novela también hay muertes?

—No hay otra cosa que muertes.

—¿Y no le preocupa que se torne… inverosímil?

Me sentí algo estúpido, e infame: el afán de verosimilitud en las novelas de Kloster era algo de lo que yo mismo me había burlado.

—Usted no entiende. Y no podría entenderlo. Basta con que *yo* lo crea. No es una novela para publicar. No es una novela para convencer a nadie. Es, digamos, una fe personal.

—Pero en su novela —insistí—, ¿sostiene también la hipótesis del azar?

—Yo no sostengo la hipótesis del azar. Lo que digo es que en todo caso *usted* debería sostenerla. O al menos, considerarla. Pero supongo que puede haber otras explicaciones, para un escritor con suficiente imaginación. Hasta un policía como Ramoneda pudo concebir otra posibilidad.

—¡Por favor! Lo único que puede pensar un policía argentino: que la víctima sea al mismo tiempo el sospechoso principal. ¿Por qué haría Luciana algo así?

—Por el motivo más obvio: la culpa. Porque sabe que es culpable y se está dando a sí misma el castigo que cree que se merece. Porque su padre, que era un fanático religioso, le inculcó el látigo y la flagelación. Porque está loca, sí, pero hasta un extremo que ni usted ni yo imaginamos. Y además, ¿no era ella la experta en hongos? ¿No es ella la que estudió biología y conocía sustancias que podían pasarse por alto en un examen forense? ¿No es ella también la que fue encerrada por su hermano y sabía de su relación con esa mujer?

Kloster exponía esto sin ningún énfasis, con la frialdad ecuánime de un jugador de ajedrez que examina las variantes de los contrincantes desde afuera de la mesa. Me quedé callado y volvió a señalarme la carpeta transparente bajo mi brazo.

—Y bien, ¿qué hará finalmente con esas hojas? Todavía no me lo dijo.

—Las voy a guardar en un cajón por ahora —dije— y voy a esperar: mientras no aparezcan más cruces en la seguidilla, quedarán ahí.

—Pero eso es bastante injusto —dijo Kloster, como si tuviera que hacer entrar en razones a un chico caprichoso—. Si mal no recuerdo, Luciana tenía una abuela que ya era muy vieja hace diez años. Estaba internada en un geriátrico. Y si no murió todavía, podría ocurrirle en cualquier momento.

No pude notar en su expresión ni en su voz el menor asomo de una amenaza. Sólo parecía estar exponiendo una objeción lógica.

—No contaría, por supuesto, una muerte *natural* —dije.

—Pero ¿no se da cuenta todavía? Para Luciana, ninguna muerte sería natural. Aun si su abuela muriera durante el sueño creería que yo me descolgué por una chimenea para asfixiarla con la almohada. Si puede imaginar que enveneno tazas de café y siembro hongos tóxicos y libero presos de la cárcel, nada puede detenerla.

—Pero yo puedo juzgar por mí mismo y sé la diferencia entre una seguidilla de cuatro cruces y una de siete.

—El número siete… —dijo Kloster, como si algo lo hubiera hartado—. Usted no debería caer en el

mismo error. Hay por lo visto una lección que Luciana no recibió de su padre sobre los simbolismos bíbli-
cos. La raíz hebrea de «siete» tiene que ver con la com-
pletitud y la perfección de los ciclos. Ésa es la manera
en que se utiliza el número siete en el Antiguo Testamento. Cuando Dios advierte a los que quieran matar
a Caín no está hablando de una cantidad literal, de una
proporción numérica, sino de una venganza que será
completa y perfecta.

—¿Y no le parece que la muerte de cuatro familiares es una venganza ya suficientemente completa?

Kloster me miró como si sostuviéramos una fría
pulseada y reconociera mi esfuerzo, pero no estuviera
dispuesto a ceder en nada.

—*Yo sólo puedo conocer mi dolor* —dijo—. ¿No es ése,
en el fondo, todo el problema del castigo? Un dilema,
como diría Wittgenstein, del lenguaje privado. No sé a
cuántas otras muertes equivale la muerte de una hija.
De todas maneras, no es algo que depende de mí, algo
que yo pueda detener. Como le dije: únicamente me
dedico a escribir una novela. Pero en fin, veo que no
he conseguido convencerlo. Y para mí se está haciendo
algo tarde: estoy por recibir ahora a una chica de un colegio secundario que quiere entrevistarme, para un periódico escolar…

Kloster se detuvo, quizá porque advirtió un gesto
de sorpresa o alarma en mi cara. Yo, que no había in-
cluido entre las páginas que le había dado a leer los temores de Luciana sobre su hermana, quedé paralizado,
a la espera de que me dijera algo más sobre esa chica que

esperaba. Pero él sólo me indicó la escalera, de una manera inapelable, para que bajara y me fuera de una vez. Mientras descendía los escalones me di vuelta todavía y lo vi de pie en lo alto, como si quisiera cerciorarse de que yo realmente me iría.

—Usted me dijo por teléfono que también quería preguntarme algo —recordé de pronto—, pero no me hizo ninguna pregunta.

Kloster hizo un gesto parecido a un saludo.

—No se preocupe: lo que yo quería saber ya me lo respondió.

OCHO

Apenas salí a la calle busqué un teléfono público. No llevaba encima mi agenda pero llamé a Informaciones y pedí el teléfono de Luciana por su nombre y dirección. Después de unos segundos la voz de una máquina me dictó los dígitos y los marqué de inmediato, antes de que desaparecieran en mi memoria.

—Acabo de hablar con Kloster —le dije, apenas escuché su voz—. Me despidió porque estaba por recibir a una chica de un periódico escolar. ¿Es posible que sea tu hermana?

Hubo del otro lado un silencio de incertidumbre y vértigo que duró sólo un instante.

—Sí, Dios mío, sí —dijo con voz desmayada—. Pensé que se le había quitado esa idea de la cabeza. Pero evidentemente hizo todo a mis espaldas. Salió recién, no quiso decirme adónde iba pero alcancé a ver que ponía un libro de Kloster en el bolso. Un libro que ya había leído, eso me pareció extraño. Seguramente lo lleva para que se lo firme —su voz dio un vuelco de desesperación—. Podría tomar un taxi, pero ya es tarde, no creo que pueda alcanzarla. ¿Desde dónde me estás llamando ahora?

—Estoy a la vuelta de la casa de él, en un teléfono público.

—Entonces tal vez todavía vos podrías esperarla y detenerla… Hasta que yo llegue. ¿Harías eso por mí? Ahora mismo bajo a tomar un taxi.

—No, no voy a hacer nada de eso —dije con mi tono más firme—. Antes tendríamos que hablar otra vez vos y yo. Estoy seguro de que Kloster no va a intentar nada estúpido en su propia casa. Hay un bar en la esquina y creo que desde allí se ve la entrada de la casa. Lo que puedo hacer, en todo caso, es quedarme a vigilar la puerta hasta que llegues y volvamos a conversar. Voy a esperarte sentado junto a una ventana.

—Está bien —se resignó—. Ya salgo. Sólo espero que Kloster no te haya convencido también a vos.

Entré en el bar, que a esa hora estaba casi vacío, y me senté junto a una de las ventanas de la ochava, desde donde alcanzaba a ver, en la vereda de enfrente, la puerta de Kloster. No había ni siquiera pedido mi café cuando vi pasar, casi pegado al vidrio, un bolsito en bandolera que hubiera reconocido en cualquier lugar. Estiré la cabeza para mirar hacia fuera pero la chica había cruzado y un colectivo detenido en el semáforo me impedía seguirla a través de la calle. Cuando el colectivo finalmente arrancó ya no había rastros de Valentina y el portón de Kloster se estaba cerrando. No había podido ver de ella más que ese bolsito heredado de Luciana, y una manga de su abrigo azul oscuro.

Una media hora después llegó Luciana. Al traspasar la puerta batiente, hizo en el reflejo del vidrio un gesto furtivo y desesperado por acomodarse el pelo; imaginé que mi llamado la había arrancado de la cama y recién ahora había reparado en su aspecto. Tenía la cara desencajada, sin maquillaje, y los ojos vidriosos y demasiado fijos, como si estuviera bajo los efectos de un medicamento.

—¿Ya entró? —me preguntó, antes de saludarme.

Yo, que me había puesto de pie, le cedí mi lugar para que pudiera vigilar por sí misma y me senté del otro lado frente a ella.

—Hace un rato, sí. En realidad apenas pude verla, pero supongo que era ella: tenía el bolsito que usabas vos y un abrigo azul oscuro.

Luciana asintió con la cabeza.

—Un tapado largo. También era mío y se lo pasé. ¿A qué hora entró?

—Hace unos diez minutos. Pero ya te dije, no va a pasarle nada. Acabo de hablar con él.

—Y te convenció. —Me miró a los ojos, sin dejar que mi mirada escapara, como si se propusiera encontrar allí la verdadera respuesta—. Ahora le creés a él.

—No dije eso —le respondí incómodo—. Pero estoy seguro de que no haría nada tan *directo*. Y menos en su propia casa.

—Puede hacerle otras cosas —dijo con un tono

sombrío—. Valentina ni siquiera se imagina: es solamente una adolescente atropellada. No sabe nada de él. No sé qué imagen se hizo a través de sus libros. Pero no te olvides de que yo lo conozco, y conozco también su lado envolvente.

—Sobre eso en realidad quería hablarte. La versión que cuenta él sobre lo que pasó entre los dos es bastante distinta.

Vi que el cuerpo de ella se retraía a un primer estado de cautela.

—Supongo que un escritor puede inventar cualquier historia. ¿Qué fue lo que te dijo?

—Que cuando empezaste a trabajar con él en ningún momento se le ocurrió intentar nada extraño. Que estaba demasiado contento con el arreglo que tenían y con la manera en que avanzaba su trabajo como para arruinarlo todo tratando de ir más allá. Que le parecías linda pero que no sentía por vos una atracción física. Me dijo que fuiste vos la que hizo todo para que él se fijara. Me contó de una vez que te dictaba sobre la cicatriz en el brazo de una mujer. Me dijo que te habías desnudado el hombro y le mostraste la marca de tu vacuna para que él te tocara.

—Le enseñé la marca que tengo, es verdad. Pero nunca le pedí que me la *tocara*. Y no me pareció que hubiera nada malo en eso. Ni siquiera me acordaba, me parece increíble que él quiera ahora darle otro sentido.

—Me dijo que fue la primera vez que te tocó. Y que vos parecías orgullosa de haber conseguido llamarle la atención. Me contó también que después le dejaste que te hiciera masajes en el cuello.

—Bueno, veo que se convirtieron en verdaderos amigos. ¿Cómo conseguiste que te hablara de eso? Una vez me preguntó por mi dolor de cuello. Incliné la cabeza para mostrarle y él me empezó a hacer un masaje. Es verdad que no me opuse: no creí que tuviera ninguna otra intención. Confiaba en él. Ya te dije que para mí era como mi padre: no creí que pudiera pensar ninguna otra cosa. Pero fue sólo una vez.

—Una vez… y otra vez. Me dijo además que la segunda vez se detuvo porque no tenías corpiño.

—Puede ser que hayan sido dos veces. Y yo no usaba demasiado corpiño en esa época.

—Conmigo sí —observé.

—Porque tenía muy claro que de vos sí tenía que cuidarme. Pero nunca hubiera pensado que él se estuviera formando otras ideas. Hasta que volvió de su viaje y lo vi de pronto convertido en otra persona nada de esto se me había cruzado por la cabeza. ¿Pero a dónde querés llegar? Aun si le hubiera dado un pie, que no se lo di, aun si me hubiera equivocado en iniciarle un juicio: ¿eso justifica lo que ocurrió después? ¿Justifica la muerte de toda mi familia?

—Claro que no —reconocí—. No justifica la muerte de nadie. Sólo quería saber si hasta aquí, en esta parte de la historia, él me dijo la verdad.

—Todo eso ocurrió —dijo, apartando la mirada—, pero él sacó la conclusión equivocada. Igualmente, ya te dije que mil veces me arrepentí de haber hecho esa demanda. Pero no puedo creer que éste sea el castigo que tengo que pagar.

—En realidad te hace responsable de la muerte de su hija. En eso tenías razón.

Le conté lo que me había revelado Kloster sobre la relación con su mujer, de los temores que lo acompañaban desde que había nacido Pauli, y el pacto no dicho que tenían en los últimos años. Luciana, que no parecía saber ni haber imaginado nunca nada de esto, iba de asombro en asombro. Le conté de la reacción y el estallido de la mujer de Kloster al leer la acusación que encabezaba su carta, la decisión inmediata de divorciarse y el recurso con que había apartado a Kloster de su hija, utilizando justamente esa acusación. Le conté del confinamiento de Kloster en un hotel, a la espera de que lo dejaran volver a ver a su hija y de lo que había ocurrido finalmente el día de la visita. Traté de repetir con las palabras exactas el relato de Kloster sobre esa tarde, desde que había llamado por teléfono hasta que encontró el cadáver de su hija sumergido en la bañera. Le conté de la cripta, de la galería de fotos y de la filmación de la hija con el ramito de flores. Cuando terminé los ojos de Luciana estaban brillantes de lágrimas.

—Pero yo no tuve la culpa de nada de esto —gimió.

—Claro que no —dije—. Pero él cree que sí.

—Pero si fue la mujer… Fue su mujer en todo caso —dijo con impotencia.

—Él piensa que lo que quebró el pacto fue tu carta. Estaba seguro de que hubiera podido mantener ese acuerdo entre ellos todavía unos años, hasta que Pauli creciera lo suficiente. Así me lo dijo: cree que su hija todavía estaría viva si su mujer no hubiera leído esa carta. Y hay algo más en lo que tenías razón: que lo encontraras en Villa Gesell ese verano no fue casual. Me dijo que no podía tolerar la idea de que vos siguieras tu vida como si nada hubiera ocurrido mientras su hija estaba muerta. Que quería estar allí para hacerte recordar. Para que la recordaras cada día, como él. Que tu vida también se detuviera, como se había detenido la de él.

—Si fuera nada más que eso… hace mucho que ya lo consiguió. Pero ya ves: reconoció que quería vengarse. Eso es en el fondo lo que yo quería saber. Porque no creo que te haya confesado uno por uno los crímenes, ¿no es cierto?

—No. Sólo me dijo que aquel día en la playa vio al irse, desde la costanera, cómo tu novio desaparecía en el mar. Y cuando se enteró al día siguiente de que se había ahogado le pareció ver en esa muerte que se cumplía la ley de ojo por ojo, diente por diente. Me dijo que aquello le había dado la idea para una novela sobre la justicia y las proporciones del castigo.

—Pero no le alcanzó, Dios mío, esa muerte no le alcanzó.

Sus ojos volvieron a mirar a través de la calle mientras su mano tanteaba dentro de un bolsillo en busca de un pañuelo. Consultó otra vez su reloj y se llevó el pañuelo a los ojos.

161

—Es posible —acepté yo—. Pero él dice que desde aquel día se dedicó únicamente a esa novela. Una novela en la que ustedes dos son los personajes. Me aseguró que nunca más te vio y que no se había enterado de la muerte de tus padres hasta que recibió tu carta.

Negó con la cabeza sin dejar de mirar por la ventana.

—Es mentira: estaba ahí, en el cementerio, el día que los enterramos.

—Se lo pregunté: va todos los días, a visitar la tumba de su hija. Me dijo que él no te había visto.

Dio vuelta la cara hacia mí, irritada.

—Supongo que no podía esperar que reconociera nada. Y que tuviera una mentira inventada para cada cosa.

—En realidad lo que más me desconcertó es que en todo momento parecía decirme la verdad. Me hablaba como si no tuviera nada que ocultarme. Dijo incluso algo que podría haberme escondido, en relación con la muerte de tu hermano. Algo que no sabíamos: que tuvo correspondencia en distintas épocas con presos de ese penal. Me contó que la policía había hecho averiguaciones sobre esto y que le dio a ese comisario Ramoneda las cartas que había guardado.

—Pero pudo haber otras que tiró, que se cuidó de tirar —me interrumpió Luciana—. Pudo haberse enterado, a través de otros presos, de que este asesino salía a robar. Y si había seguido a mi hermano y sabía de la relación con esa mujer, sólo faltaba enviar los anónimos para provocarlo. Porque esos mensajes, los escribió él. Lo supe apenas los vi. A mí no podría engañarme.

—Me dijo que había conversado con Ramoneda sobre novelas policiales y que en un momento el comisario le mostró los anónimos y le pidió una opinión sobre la clase de persona que podría haberlos escrito. Aparentemente el comisario pensaba más bien que quizá los hubieras escrito vos.

Aquello la enmudeció por un momento y pude ver que sus manos temblaban de indignación.

—¿Te das cuenta? —murmuró—. ¿Te das cuenta cómo logra dar vuelta todo y a todos? ¿Te quiso hacer creer que pude ser yo?

—En realidad no. Justamente, eso es lo que me pareció más curioso. Kloster parece creer que hay otra explicación posible: supongo que será la que escribe en su novela. Me dijo que yo nunca la creería.

—No hay ninguna otra explicación: es él. No entiendo cómo podés todavía dudar. Va a seguir y seguir, hasta dejarme sola. Hasta que sea la última. Ésa es la venganza que busca. La que marcó en la página de la Biblia: siete por uno. Y ahora, mientras hablamos, Valentina está allá adentro, ahora mismo está con él. Jamás podría perdonarme si algo le pasara a ella. Creo que no voy a esperar ni un minuto más —dijo, e hizo un primer movimiento como si fuera a levantarse. Le hice un gesto imperioso para que se detuviera.

—Cuando le mencioné esa frase de la Biblia me dijo que era un error interpretarla así. El número siete sería más bien un símbolo de lo completo, de lo perfectamente acabado. La venganza que correspondería a Dios. Aun si fuera él quien está detrás de estas muertes, quizá su medida ya esté completa.

—En la novela que me dictaba sobre esa secta el número siete no era ninguna metáfora. Mataban uno por uno a siete miembros de una familia. Eso es lo que planea para mí desde el principio y por eso nunca publicó esa novela, para no delatarse a sí mismo. ¿Le preguntaste por qué estaba parado frente al geriátrico de mi abuela?

Negué con la cabeza.

—No podía hacer un interrogatorio *policial* —dije, un poco molesto—. Sólo traté de que hablara. Y creí que había logrado bastante.

Algo en mi tono la hizo recapacitar, como si por primera vez reparara en que había sido injusta conmigo.

—Perdoname, tenés razón —dijo—. ¿Cómo lograste que te recibiera?

—Le dije que estaba escribiendo una novela sobre esta sucesión extraña de muertes a tu alrededor, y que quería conocer la versión de él. Me pareció que era a la vez una manera de darle a saber que alguien más se entera de lo que te está ocurriendo.

Advertí que Luciana dejaba de escucharme y miraba en dirección a la puerta de Kloster.

—Gracias a Dios —murmuró—. Ahí la veo, acaba de salir.

Miré hacia atrás por la ventana, pero la había perdido por segunda vez. Evidentemente, se estaba alejando en la otra dirección, aunque Luciana, desde su posición, todavía podía seguirla con la mirada.

—Creo que está yendo a tomar el subte —dijo.

—Sana y salva, espero —dije—. Ahora podemos irnos nosotros también —y le hice un gesto al mozo para que nos trajera la cuenta.

—Esta misma noche voy a contarle. Todo. Tiene que saber quién es él, antes de que sea demasiado tarde. ¿Puedo llamarte en estos días si detecto algo extraño con ella? Me doy cuenta de que se me va de las manos, que ya no puedo vigilarla.

—Me voy mañana a Salinas —le dije—. A dictar un seminario. Voy a estar quince días afuera.

Quedó enmudecida por un momento, como si le hubiera dicho algo inesperado y particularmente brutal. Me miró y pude ver por un instante el desamparo en sus ojos, con todas las defensas caídas, y el abismo de la locura demasiado cercano. En un movimiento espasmódico, casi involuntario, sus manos aferraron las mías a través de la mesa. No parecía darse cuenta de la fuerza desesperada con que me las apretaba, ni cómo se hundían sus uñas en mis palmas.

—Por favor, no me dejes sola con esto —me dijo, con la voz ronca—. Desde que lo vi frente al geriátrico tengo pesadillas todas las noches. Sé que algo muy malo está por pasarnos.

Me liberé lentamente de sus manos y me puse de pie. Sólo quería irme cuanto antes.

—Nada más va a ocurrir —dije—. Ahora él sabe que alguien más sabe.

NUEVE

Había salido del bar como si huyera y, sin embargo, cuando me encontré otra vez en la calle, lejos de sentirme por fin liberado, me parecía volver a oír en el silencio el último ruego de Luciana para que no la dejara sola, y no podía deshacerme de la sensación de sus dedos aferrados a mis muñecas. Aunque la noche era muy fría, en el principio de un agosto desapacible y oscuro, decidí caminar un poco, sin ninguna dirección fija, antes de volver a mi casa. Quería, sobre todo, *pensar*. Traté de repetirme que ya había hecho bastante por ella, y que no debía dejarme arrastrar por su locura. Caminaba por calles que iban quedando desiertas y donde sólo se veían negocios cerrados y estelas de basura junto al cordón. Apenas me cruzaba cada tanto con cartoneros que arrastraban sus carros con los ojos bajos y en silencio, hacia alguna estación de tren. La marea se había retirado de la ciudad. Quedaba ahora el olor a podrido de las bolsas destripadas y cada tanto el estrépito y la luz repentina de un colectivo vacío. ¿Había creído realmente, como me acusaba Luciana, en la inocencia de Kloster? Había creído, sí, que parte por parte lo que me había contado era cierto. Pero Kloster me había parecido a la vez como un jugador controlado, que podía mentir con la verdad. Lo que me había dicho quizá fuera verdad, pero seguramente no toda la verdad. Y a la vez, a la luz fría de los hechos, como casi me había gritado Luciana, no parecía haber otra explicación que no apuntara a Kloster. Porque si no había sido él, ¿qué era lo que quedaba? ¿Una serie de fantásticas coincidencias? Kloster había dicho algo sobre esto, sobre las rachas de infortunio. Había logrado avergonzarme, todavía recordaba su tono despectivo mientras me hablaba de las rachas, como si no pudiera creer que yo hubiera escrito mi libro sin saber aquello. Llegué a una avenida y vi un bar de taxistas todavía abierto. Entré y pedí un café y un tostado. ¿Qué era exactamente lo que había dicho Kloster? Que pensara en monedas lanzadas al aire. Que una racha de tres caras o tres cecas en diez lanzamientos no era nada extraño, sino lo más probable. Que el azar también tenía sus inclinaciones. Encontré en mi bolsillo una moneda plateada de veinticinco centavos. Busqué mi lapicera y desplegué una servilleta sobre la mesa. Lancé la moneda al aire diez veces seguidas y anoté la primera serie de caras y cecas con guiones y cruces. Lancé otras diez veces la moneda y escribí debajo una segunda sucesión. Seguí lanzando la moneda, con un movimiento cada vez más diestro del pulgar y anoté todavía algunas series más en la misma servilleta, una debajo de la otra, hasta que el mozo me trajo el café con el tostado. Mientras comía revisé esas primeras sucesiones, que perforaban la servilleta como un código extraño. Lo que me había dicho Kloster era cierto, asombrosamente cierto: casi en cada renglón había rachas de tres o más caras o cruces. Desplegué otra servilleta sobre la mesa y como si me hubiera acometido un impulso irrefrenable lancé la moneda con el propósito ahora de llegar a cien veces y apreté los signos de manera que la sucesión entera quedara escrita en ese cuadrado de papel. Un par de veces la moneda se me resbaló entre los dedos y el ruido sobre la mesa atrajo la mirada del mozo. El bar se había despoblado y sabía que debía irme, pero como si el movimiento en la repetición se hubiera apropiado de mi mano, no podía dejar de tirar la moneda al aire. Cuando escribí la última marca leí la sucesión de signos desde el principio y subrayé las rachas que iban apareciendo. Había ahora rachas de cinco, de seis y hasta de siete signos repetidos. ¿Había entonces, como me había dicho burlonamente Kloster, también un sesgo del azar? Aún la ciega moneda parecía tener nostalgia de repetición, de forma, de figura. A medida que aumentaba la cantidad de lanzamientos las rachas se volvían también más largas. Quizá hubiera incluso alguna ley estadística para calcular estas longitudes. Pero ¿habría entonces también otras formas ocultas, otros embriones de causalidad en el azar? ¿Otras figuras, otros patrones, invisibles para mí, en esa sucesión que acababa de escribir? ¿Una figura incluso que explicara la mala suerte de Luciana? Volví a mirar la sucesión, que se cerraba otra vez a mí como una escritura indescifrable. *Usted* debería sostener la tesis del azar, me había dicho Kloster. Sentí de pronto que algo vacilaba en mí, como si una certidumbre íntima y constitutiva, de la que ni siquiera era conciente, se hubiera quebrado. Había podido resistir la crítica, deslizada en una reseña, de que mi novela *Los aleatorios* tenía al fin y al cabo un elemento de cálculo para la simulación cuidadosa del azar. Pero este simple lanzamiento de monedas había resultado más devastador que cualquiera de estos reparos. Una tirada de dados no abolirá jamás el azar, hubiera dicho Mallarmé. Y sin embargo, la servilleta abierta sobre la mesa había abolido para siempre lo que yo pensaba sobre el azar. Si usted *verdaderamente* cree en el azar, debería creer en estas rachas, deberían resultarle naturales, debería aceptarlas. Eso era lo que me había querido decir Kloster, y recién ahora lo entendía en toda su dimensión. Pero a la vez —y esto era quizá lo más desconcertante, el detalle enloquecedor— él, Kloster, no parecía creer que las cruces de Luciana fueran sólo una racha adversa. Él mismo, a quien más favorecía y convenía esta hipótesis, se había sentido lo bastante seguro de su inocencia, o de su impunidad, como para inclinarse por otra posibilidad. ¿Cuál? De esto no había dicho nada, sólo había insinuado que estaría escrita en su novela. Pero había hecho una comparación extraña: el mar como la bañera de un dios. Kloster, el feroz ateo que yo había admirado, el que se reía en sus libros de toda idea divina, había hablado en nuestra conversación más de una vez en términos casi religiosos. ¿Podía haberlo afectado tanto la muerte de su hija? El que deja de creer en el azar empieza a creer en Dios, recordé. ¿Eran así las cosas? ¿Kloster ahora creía en Dios, o había sido todo una cuidadosa puesta en escena para convencer a un único espectador? Llamé al mozo, pagué mi cuenta y salí otra vez a la calle. Ya había pasado la medianoche y sólo se veían ahora mendigos arrebujados sobre cartones. Los últimos camiones recolectores hacían rechinar a lo lejos sus mandíbulas metálicas. Doblé en una calle lateral, y me atrajo irresistiblemente un resplandor repentino que iluminaba la vereda desde una vidriera. Me acerqué y me detuve. Era la vidriera de una gran mueblería y frente a mis ojos, silencioso, increíble, se estaba iniciando por dentro un incendio. El felpudo de la entrada ya estaba en llamas, en una contorsión lenta y ondulante que parecía alzarlo del suelo. Despedía humo y chispas que alcanzaron enseguida a un perchero y a una mesita ratona cerca de la entrada, hasta hacerlos arder, con grandes llamaradas cada vez más altas. El perchero se desplomó de pronto en una lluvia de fuego y tocó la cabecera de una cama matrimonial. Recién reparé entonces en que la vidriera estaba arreglada como si fuera el interior de una habitación ideal para un matrimonio, con las mesitas de luz y una cuna de bebé a un costado. Habían puesto sobre la cama un edredón búlgaro que ardió en una combustión brusca, con llamas salvajes. Todo transcurría en el mismo silencio impávido, como si el vidrio no dejara pasar el fragor de la llama. Me daba cuenta de que en algún momento podía estallar la vidriera, pero a la vez, no conseguía apartarme de ese espectáculo hipnótico y deslumbrante. Todo se retorcía frente a mí, sin que hubiera sonado todavía ninguna alarma, sin que nadie se hubiera asomado a esa calle, como si el fuego estuviera por decirme algo estrictamente privado. La habitación, la cuna, el simulacro de casita, todo se disolvía y transmutaba. Los muebles habían dejado de ser muebles, y eran otra vez madera, la leña elemental que sólo quería obedecer, doblegarse, alimentar las llamas. El fuego ahora se erguía, en una única figura violenta, maligna, fulgurante, con algo de dragón que no dejaba de retorcerse y cambiar de forma. Escuché de pronto el ulular histérico de la sirena de los bomberos. Supe que todo estaba por terminar y traté de aferrarme a esa última imagen que no se dejaba descifrar, hermética y fabulosa, detrás del vidrio. Atraídos por la sirena, me rodeaban ahora las criaturas famélicas de la noche, borrachos puestos de pie y niños que dormían en las bocas de los subtes. Algunas ventanas se abrieron sobre mi cabeza. Después llegaron las voces humanas, las órdenes, el chorro implacable de agua, las llamas que retrocedían y dejaban su marca negra en las paredes. Me fui porque no quería contemplar este otro espectáculo, mucho más deprimente, del incendio vencido.

Llegué a mi casa muy tarde y aún tenía que preparar mi bolso para el viaje. Mi avión para Salinas tenía horario de partida después del mediodía y decidí dejar aquello para la mañana. Dormí con un sueño abrumado de imágenes confusas, que se superponían y perseguían con la recurrencia de las pesadillas. Dentro del sueño, en el filo huidizo de la mañana, creí estar a punto de entender algo: sólo bastaba con que pudiera leer una sucesión de guiones y cruces. Abrí los ojos demasiado pronto, con esa sensación de inminencia y a la vez de pérdida con que se escurren las imágenes al despertar. Eran las nueve de la mañana y mientras armaba mi bolso recordé el incendio. Bajé a desayunar a un bar para leer el diario y busqué la noticia sin muchas esperanzas, porque pensé que era un asunto al fin y al cabo menor, que quizá ni había merecido un suelto. Y sin embargo, allí estaba, en una de las páginas interiores, debajo del título «Al cierre de esta edición». Era un artículo muy corto, con el encabezado «Incendios». Se refería en primer lugar a otro incendio, también en una mueblería, que había provocado daños casi totales. Un poco más abajo se agregaba que en la misma noche se habían producido «dos siniestros más, muy semejantes», en mueblerías de distintos barrios. Uno de ellos era el que había visto yo, pero apenas se consignaba la dirección, sin ningún otro detalle. En la nota se mencionaba que se estaban haciendo las primeras pericias para determinar si habían sido accidentales o provocados. Y aquello era todo: no se arriesgaba ninguna conjetura, sólo la vaga promesa de que la policía investigaba distintas hipótesis.

Doblé el diario sobre la mesa y pedí otro café. Tres incendios en tres mueblerías una misma noche. Más allá de caras y cecas, aquello sí que no podía ser casual. Un recuerdo se agitó en el fondo de mi memoria, tratando de emerger a la superficie. Un rostro que volvía, vehemente y burlón, disparando frases y teorías que sólo se sostenían por un segundo, como burbujas en el aire, desde una mesa de café en la calle Corrientes, detrás del humo displicente de su cigarrillo. Lo veía otra vez, con su coleta y su barba, rodeado de caras jóvenes y encandiladas entre las que había estado la mía. De estudiantes y aspirantes a escritores que luchaban por sentarse cerca de él y lo escuchaban arrojar citas y hundir y levantar libros con una sola frase: una extraña máquina parlante de malevolencia y sarcasmo, que tenía sin embargo a la vez, cada tanto, iluminaciones repentinas, destellos perdurables. Había sido en él, y no en un piromaníaco en su acepción más obvia, en quien primero había pensado. Me parecía escucharlo otra vez: ¿había sido en el bar de siempre o en la fiesta donde celebramos el único número de la revista? Alguien había hablado del arte efímero y las intervenciones callejeras: el reguero de pintura y el círculo de tiza de Greco alrededor de los transeúntes. Alguien más recordó la escultura subversiva: el ladrillo que sale volando a la cabeza del crítico. Él había propuesto entonces el incendio de mueblerías. ¿No eran acaso por dentro la perfecta casita burguesa? El tálamo nupcial, la cuna del bebé, la mesa redonda de la comida familiar, las bibliotecas para cargar y ostentar la vieja cultura. La sosegadora mesa ratona del living. Todo estaba ahí, decía, y sus ojos brillaban, malignos, desafiantes. Si queríamos ser verdaderamente incendiarios, allí estaban las mueblerías de Buenos Aires, a la espera del primer fósforo. Sería irresistible. Contagioso. Una ciudad en llamas, en una sola noche. El fuego: el supremo y último manifiesto artístico, la forma que consume todas las formas.

Pero ¿podía ser él, tantos años después? Sabía que no: había vuelto a encontrarlo una vez por la calle y me había sorprendido al verlo de traje y corbata. Me contó, con un aire de satisfacción apenas disimulado, que trabajaba en una secretaría de Cultura. Yo había exagerado mi incredulidad: ¿Ahora *trabajaba*? ¿Y para el *Gobierno*? Se sonrió, no muy cómodo, pero trató, también él, de volver al modo del pasado. Justamente, no era trabajo, se defendió. Era casi una pensión, que le daban los sufridos contribuyentes y el maravilloso pueblo peronista. Estaba cumpliendo al fin y al cabo con el dictado de Duchamp. El artista debía valerse de todo, con tal de no condenarse al sudor de la frente: herencias, becas, mecenazgos. Hizo una mueca cínica: y por qué no, secretarías de Cultura.

No, no podía ser él. Pero a la vez, volvía a mí otra frase que le había escuchado decir en ese remoto pasado: no debería escribirse sobre lo que fue, sino sobre lo que pudo haber sido. Por primera vez en mucho tiempo sentí que tenía delante de mí un *tema*, que el incendio de la noche anterior había tenido algo de providencial, y que ahora también el pequeño recuadro del diario, el modesto misterio de las mueblerías, me hablaban secretamente. Salí a la calle y en esa leve euforia de felicidad recobrada compré en una librería un cuaderno grueso de tapas duras para llevarme en el viaje. Tendría después de todo en Salinas las mañanas libres para escribir: quizá podría poner en marcha una novela. Subí a mi departamento para recoger el bolso y apenas abrí la puerta vi en el teléfono el parpadeo rojo y amenazante del contestador automático, como si fuera un arma accionada a distancia que podía todavía darme alcance. Oprimí la tecla y apareció la voz de Luciana. Las frases estaban entrecortadas, en un tono de desamparo y desesperación, como si le costara hilvanarlas. Había hablado con su hermana la noche anterior, le había contado todo, pero había sentido que Valentina no le creía. Que no quería creerle. Me pedía, me rogaba, que si todavía no había viajado la llamara a su casa. Miré la hora y alcé mi bolso. Decidí que el llamado había llegado demasiado tarde, cuando yo ya estaba en camino al aeropuerto.

DIEZ

Apenas el avión se alzó sobre el río y la ciudad quedó a escala de una maqueta, sentí, con la súbita liviandad de estar suspendido en el aire, otro aligeramiento dentro de mí, como si toda la historia de Luciana, la conversación con Kloster y aun el incendio pudiera verlos ahora también en una escala menor e inofensiva, alejándose, mitigados, en la ciudad que dejaba atrás. Recordé las novelas victorianas en que los padres forzaban a un viaje al extranjero a la heroína o al héroe inconvenientemente enamorados, un viaje que nunca daba resultado y sólo servía para probar las fuerzas del amor sobre la distancia y el tiempo. Pero en mi caso tenía que reconocer que algo se atenuaba, como si de verdad hubiera logrado *escapar*, y cuando vi, una hora después, en medio del desierto blanco, la pequeña ciudad en la que nunca había estado, surgida de la nada, puesta como un dominó entre horizonte y horizonte, sobre los espejos rotos y deslumbrantes de las salinas, sentí que realmente estaba a mil kilómetros de distancia.

Me entregué a los protocolos amables de la bienvenida. Me habían ido a buscar al aeropuerto la decana y una de las profesoras del Departamento de Letras y tomaron, para que viera algo del paisaje, un camino indirecto que dejaba divisar hacia un costado el borde de la Gran Salina. Al entrar en la ciudad, que parecía una escenografía abandonada, con todos los negocios cerrados y las calles desiertas, me advirtieron que la siesta duraba hasta la cinco de la tarde. Me dejaron en el hotel y me pasaron a buscar un par de horas después, para que diera mi primera clase.

Se suponía que iba a ser un seminario de postgrado, en el que yo dictaría mi curso sempiterno sobre Vanguardias Literarias, pero seguramente no habían podido reunir el número crítico de interesados, y había también varios estudiantes muy jóvenes, que asistían como oyentes. Vi entre ellos, en la segunda fila, a una alumna de ojos muy grandes y atentos, en la que no pude evitar detener más de lo debido la mirada. Hacía mucho que no daba clases para todo un curso, pero apenas alcé la tiza sufrí la bienhechora transformación, las palabras acudieron seguras y volvió a mí, como un perro que todavía reconoce a su dueño, la elocuencia que creía perdida para siempre. En la cadena de afirmaciones, de refutaciones, de ejemplos, sentí, casi como una hiperventilación, la euforia pedagógica. Recordé a los teólogos que sostienen que la sola actividad de rezar puede provocar por sí misma la fe, como una reacción mecánica o un precipitado. También en mi caso me había bastado la repetición de los pequeños rituales, la tiza sobre el pizarrón, las frases iniciales, y probablemente —no podía descartarlo— la mirada interesada de esa alumna, para que obrara otra vez el sortilegio y la clase que tantas veces había repetido recobrara vida y los chistes de siempre encontraran su lugar. Y sin embargo, en la mitad de la exposición, esta alegre seguridad en mí mismo vaciló y estuve por un instante suspendido del abismo. Estaba tratando de explicarles la codificación de John Cage para su partitura *Music of Changes*, en correspondencia con los hexagramas del I Ching. Había dibujado las tablas cuadriculadas para los sonidos, las intensidades, las duraciones, y quise recordarles en un momento cómo se obtenían los hexagramas, con seis lanzamientos de monedas que fijaban cada línea al azar. Pero apenas pronuncié la palabra «azar», como si hubiera roto un sello, empezó a deslizarse insidiosamente en mí la serie de caras y cecas, la servilleta acribillada de signos donde el azar mostraba al fin y al cabo también su forma. ¿Cómo es la pérdida de una convicción para quien siempre dudó de todo? Es el vértigo y la resistencia de hacer pie y afirmar, aun la frase más nimia. Algo extraño y atemorizador me ocurrió a partir de ese momento y por el resto de la clase. Cada vez que decía algo, otra voz burlona dentro de mí estaba a punto de irrumpir para agregar «O no» al final de la frase. Cada vez que enunciaba o asentaba una explicación, la vocecita quería prorrumpir «O bien todo lo contrario». Si estaba por concluir un razonamiento (y cada vez me esforzaba más para que mis conclusiones parecieran inferirse de un razonamiento intachable), la voz se anticipaba para agregar, sibilina, «Pero lo opuesto sería también igualmente válido». Algo se había estropeado, algo seguramente se dejaba ver, en esta discusión interior. Había perdido un elemento de confianza y ahora cada vez mis pausas eran más largas y mi voz vacilaba de una manera horrible. Sentí que mis manos empezaban a transpirar y me alegré, al mirar la hora, de poder dar por terminada la clase. Había estado cerca del desastre, pero quizá los demás lo atribuyeran sólo al cansancio. Me preguntaba, sobre todo, qué habría pensado mi alumna. Ya entonces, ya desde el primer momento, la llamaba para mis adentros absurdamente así, como si estuviera destinada como un obsequio, como parte de la bienvenida, para mí. Temí en un principio que no fuera a la cena a la que estaban invitados los profesores, pero afortunadamente le habían encargado las tareas administrativas relacionadas con el viaje y mientras le firmaba algunos papeles pude hablar unas palabras con ella y convencerla de que nos acompañara. En la distribución alrededor de la mesa no pude hacer nada, sin embargo, por tenerla cerca y tuve que resignarme a dejar pasar la cena mirándola desde lejos cada tanto.

Me desperté temprano a la mañana siguiente y animado por el desayuno del hotel, la luz del sol que entraba por la ventana de mi cuarto, y el aspecto flamante del cuaderno que había llevado, me propuse empezar mi novela sobre los artistas incendiarios. Antes de que pasaran dos horas ese impulso feliz se había disuelto y decidí salir a dar un paseo por la ciudad. Recorrí las dos o tres galerías comerciales, entré y salí de una librería desanimante, deambulé por las calles del centro y antes de la hora del almuerzo me pareció que ya lo conocía todo, como si la ciudad se hubiera agotado íntegramente en esa primera caminata. Di otro paseo a la hora de la siesta y paradójicamente a esa hora muerta, con las calles vacías, la ciudad me pareció más intrigante. Imaginaba miles de personas en posición horizontal, tendidos al mismo tiempo en sus camas, pero imaginaba, también, que debía haber excepciones. Dónde podía estar, me preguntaba, la gente que se resistía al mandato de la siesta. Crucé en diagonal la plaza principal. Doblé en una calle lateral y vi un cartel de neón encendido a la luz del día y la escalinata de lo que debió ser alguna vez un cine. Subí en un impulso y atravesé las puertas batientes para asomarme al interior. Era un salón de máquinas tragamonedas, inmenso, alfombrado. Allí. Allí estaban. Había gente de todas las edades, pero sobre todo mujeres maduras, encaramadas a sillas altas, hipnotizadas, silenciosas, deslizando con un movimiento mecánico monedas en las ranuras. Había mucha más gente de la que hubiera esperado encontrar y no me hubiera extrañado ver allí también a la decana, o a alguno de mis alumnos. Salí otra vez a la quietud de la calle y caminé un poco más. Vi otros dos o tres casinos iguales, y cada uno estaba lleno de fieles, como si el pueblo entero se entregara durante la siesta a una lotería de Babilonia ensimismada frente a esas máquinas. Esa noche cené solo después de mi clase y me propuse un último recorrido nocturno. Sólo dos o tres bares estaban abiertos después de las once. En la ventana de uno cercano al hotel esperaban dos prostitutas demasiado viejas y brillosas, que me sonrieron cuando pasé con una inclinación de cabeza. Tuve esa segunda noche, antes de apagar la luz, en el cuarto ya familiar, la sensación de estar atrapado en un juego de computación, del que ya había visto para los días sucesivos todos los escenarios: aquella mesita en mi cuarto con el cuaderno abierto todavía en blanco, las pocas galerías comerciales, la librería descorazonadora, las salas de juego extrañamente llenas a la siesta, el único cine, el aula de la facultad, los dos bares tardíos de la noche. Las misiones del héroe que tenía por delante eran quizá escribir el primer capítulo de la novela, volverme rico en una de las máquinas tragamonedas, acostarme con mi alumna. Los peligros que me amenazaban: descubrir una imprevista adicción al juego, contraer una enfermedad vergonzosa si cedía a la invitación de las prostitutas, o quizá un leve escándalo académico si no era lo bastante discreto con mi alumna.

En los días siguientes se desvaneció de a poco el impulso con que me había engañado al comprar el cuaderno. Incluso el recuerdo del incendio ya no me parecía tan vívido y perturbador como antes, sino casi ridículo a la distancia, con sus consecuencias inofensivas de unos pocos muebles quemados. Seguí desde la computadora en el lobby del hotel las noticias en los diarios de Buenos Aires, pero el incendiario también parecía haberse llamado a reposo. Sí hice, en cambio, mi parte con mi alumna, hasta donde pude. Al cabo de la primera semana había dado también a esto por perdido. Me daba cuenta de que estaba por llegar a la edad que tenía Kloster diez años atrás y que había entre ella y yo casi la misma cantidad de años que lo había separado a él de Luciana. Me pregunté amargamente si también mi alumna le habría dicho a sus amigas, o para sí misma, en el mismo tono escandalizado de Luciana, que yo podría ser su padre. Tuve sin embargo la idea imprevistamente feliz de poner un horario de consulta en una pequeña oficina que me habían asignado. Fue la única que vino a verme, valientemente sola. Y podría decir, en el sentido más estricto de la frase, que mi suerte cambió de la mañana a la noche. Después me dijo que la había decidido el paso del tiempo, darse cuenta de que sólo quedaba una semana. Como en otros viajes, volví a pensar que nada ayuda tanto al forastero como tener su pasaje fechado de regreso. De mi segunda semana en Salinas no recuerdo más que su cuerpo desnudo, su cara, sus ojos absorbentes. Y si había puesto ya todo el ancho del país de distancia con la historia de Luciana, me sentí en esos días todavía más lejos, en ese universo definitivamente remoto, a la distancia insalvable, egoísta y ciega que separa a los felices de los desgraciados. Sólo una vez, en realidad, volví a pensar en ella. Fue una tarde en que J (a quien todavía llamo para mí mi alumna) alzó su pelo frente al espejo al salir de la ducha y al inclinar la cabeza hacia el costado para peinarlo, su cuello apareció frente a mí largo y desnudo, y me hizo recordar en una súbita reminiscencia el cuello de Luciana, como si en un misterioso acto de misericordia el tiempo me hubiera restituido, brillante, intacto, un fragmento del pasado. Ya había tenido antes, al caminar por Buenos Aires, o incluso de viaje, en los lugares más diferentes, esta clase de encuentros imposibles, caras que creía reconocer del pasado, como si emergieran de pronto para ponerme a prueba, con la edad de antes que ya no podían tener. Me había acostumbrado a pensar que era una consecuencia más del paso de los años: que todo el género humano se volviera curiosamente *familiar*. Pero esta vez la impresión fue mucho más vívida, como si el cuello de Luciana, el cuello que yo había estudiado día a día con amorosa atención, volviera a existir en cada una de sus venas y articulaciones y nervaduras, otra vez terso y vibrante, uniendo pedazos de otro cuerpo. Pasé una mano estremecida, casi temerosa, hasta tocar su nuca. J volvió hacia mí la cara para que la besara y la ilusión desapareció.

Dos días después todo había terminado. Entregué las notas finales, preparé mi bolso, volví a guardar el cuaderno en el que no había escrito nada y dejé que J me llevara hasta el aeropuerto. Nos hicimos las promesas habituales que —sabíamos— ninguno de los dos cumpliría. El avión que debía llevarme de regreso a Buenos Aires se demoró sin ninguna explicación casi tres horas y cuando despegamos del aeropuerto ya era muy entrada la noche. Me adormecí con la cara contra la ventana durante buena parte del vuelo, pero poco antes de llegar, cuando el avión empezaba a descender sobre la ciudad, me despertaron unos murmullos excitados alrededor. Los demás pasajeros señalaban algo abajo en la ciudad y se movían hacia las ventanillas. Alcé la pestaña de mi propia ventana y vi, entre las luces de la ciudad, los ríos de tránsito y la noche, lo que parecía la lumbre encendida de dos cigarrillos, como brasas rojas y palpitantes que exhalaban humo blanco hacia lo alto. Aunque estaban separados seguramente por decenas de cuadras, se divisaban casi juntos desde la altura: no era otra cosa y, aunque me pareciera increíble, no podía ser otra cosa, que el fuego de dos incendios simultáneos. La novela que no había tenido fuerzas para empezar durante el viaje parecía estar escribiéndose por sí sola allí abajo.

ONCE

Abrí la puerta de mi departamento y recogí del suelo dos o tres cuentas y la hoja de expensas. No había mensajes en el contestador de mi teléfono. Ni siquiera de Luciana. ¿Por fin me había dejado en paz? Quizá ese silencio tuviera un significado más drástico: que ya no me consideraba alguien en quien podía confiar, que la había defraudado. No había logrado convencerme, atraerme a su fe, y ahora me repudiaba. Podía imaginarla encerrada otra vez en su departamento, a solas con su obsesión, refugiada en el circuito familiar y perfecto de sus temores. Fui hasta mi cuarto, prendí el televisor y busqué los canales de noticias, pero ninguno parecía haberse enterado todavía de los incendios. A las dos de la mañana, vencido por el sueño, apagué la luz y dormí casi hasta el mediodía.

Apenas me desperté bajé al bar para leer los diarios. Las noticias no eran mucho más extensas que las de quince días atrás y me pregunté si solamente a mí me intrigaría este asunto. Habían sido en realidad tres los incendios: dos en el barrio de Flores, casi simultáneos, y bastante cercanos entre sí —los que había visto desde el avión— y uno algo más tarde en Montserrat. En los tres casos eran, otra vez, mueblerías, y se habían iniciado de la misma manera, simple pero efectiva: un poco de nafta arrojada bajo la puerta y un fósforo encendido. Había ahora al menos un sospechoso: distintos testigos aseguraban haber visto a un chino que escapaba en bicicleta con un bidón de nafta en la mano. Busqué la noticia en otro de los diarios: también se hablaba aquí del hombre de rasgos orientales. En un recuadro separado se recordaba la vinculación con los incendios de quince días atrás y se arriesgaba una hipótesis: estaría contratado por la mafia china para incendiar mueblerías que no tuvieran seguro. Buscaban así arruinar a los dueños y lograr que vendieran sus locales a precios más bajos, para cadenas de supermercados asiáticos. Aparté el diario con una mezcla de estupor e incredulidad. Otra vez, pensé, el color local me había derrotado: ¿cómo podía competir mi grupo de artistas incendiarios contra un chino en pedales? Pensé en un reflejo de resistencia que no debía dejarme intimidar por la realidad argentina, que debía tomar la lección del maestro y sobreponerme a ella, pero misteriosamente algo se había abatido en mí al leer esta noticia y también la novela que había imaginado me parecía ahora ridícula e insostenible. Me pregunté si no sería mejor abandonar toda la idea.

Pasé el resto de la tarde en un desánimo letárgico y

pensé en J con más frecuencia de lo que hubiera imaginado. Las alacenas y la heladera habían quedado vacías y al caer la noche me forcé a salir para resolver mi provisión de la semana. Al regresar volví a encender el televisor y busqué los noticieros. Ahora sí los incendios habían llegado a la televisión y el misterioso chino se había transformado en el personaje del día. En uno de los canales mostraban un tosco identikit y en placas sucesivas los frentes de los locales incendiados. En otro entrevistaban a los dueños, que mostraban los muebles reducidos a cenizas, las paredes negras de humo y movían la cabeza apesadumbrados. Todo esto me parecía ahora indiferente, ajeno, como si ya no se tratara de *mis* incendios, como si la realidad hubiera sido hábilmente falseada para adecuarla a las cámaras. Pasé de a uno los canales hasta dar con una película pero me quedé dormido antes de la mitad. En medio del sueño, como una punzada insistente y dolorosa, me despertó poco antes de medianoche el sonido del teléfono. Era Luciana, que me gritaba algo que tardé un instante en comprender. *¿Qué vas a decirme ahora?*, repetía, entrecortada por el llanto: *Esto era lo que estaba planeando*. Entendí, después de un instante, que me pedía que encendiera el televisor y busqué el control remoto con el teléfono en la mano. Todos los canales estaban transmitiendo la misma noticia: un incendio pavoroso había alcanzado la planta alta de un geriátrico. El fuego se había iniciado en una tienda de muebles antiguos que ocupaba la planta baja. *La tienda de muebles antiguos*, me gritaba Luciana, *incendió la tienda* *bajo el geriátrico*. La vidriera había estallado y las llamas envolvían a un árbol enorme de la vereda. El tronco se había convertido en una tea por donde subía el fuego a lo alto. Todavía algunas ramas ardían arriba contra los balcones. Los bomberos habían logrado entrar pero sólo habían sacado hasta ahora cadáveres: muchos de los ancianos ni siquiera podían bajarse por sí mismos de las camas y el humo los había asfixiado.

—Me llamaron desde el hospital: mi abuela está en la primera lista de muertos. Tengo que ir a reconocerla yo, porque Valentina todavía es menor de edad. Pero yo no puedo. ¡No puedo! —gritó desesperada—. No resistiría otra vez la morgue, la funeraria, el desfile de cajones. No quiero ver más cajones. No quiero tener que elegir otra vez.

Volvió a llorar, un llanto arrasado que por un momento me pareció que se transformaría en un aullido.

—Yo te voy a acompañar —le dije—. Esto es lo que vamos a hacer —y traté de que mi voz tuviera el tono imperativo y práctico con el que los padres tratan de calmar a los niños angustiados—. El reconocimiento no es tan urgente, lo principal es que te tranquilices. Tomate ahora una pastilla. ¿Tenés algo en tu casa?

—Tengo, sí —me dijo, aspirando entre llantos—. Ya tomé una, antes de llamarte.

—Muy bien: tomá entonces una más. Sólo una más, y esperá a que yo llegue. No hagas ninguna otra cosa entretanto. Apagá el televisor y quedate en la cama. Voy a estar ahí cuanto antes.

Le pregunté si estaba con su hermana y su voz bajó a un susurro.

—Le conté. El mismo día que nos encontramos, cuando salió de la casa de él. Le conté todo y no me creyó. Le dije que Bruno tampoco me había creído y ahora estaba muerto. Acaba de ver el incendio, estaba conmigo cuando llamaron, vimos juntas cómo bajaban los cuerpos en las camillas, pero tampoco ahora me cree. No se da cuenta —y su voz se quebró, aterrada—. No se da cuenta de que ella es la *próxima*.

—No pienses en eso ahora. Prométeme que no vas a pensar en nada más ahora, hasta que yo llegue. Sólo en tratar de dormir.

Colgué y me quedé por unos segundos con la vista clavada en el televisor. Habían sacado ya catorce cadáveres del geriátrico y la cuenta todavía no se había detenido. Yo tampoco podía creerlo. Era, simplemente, demasiado monstruoso. Pero por otro lado, ¿no era esta multiplicación de cuerpos el enmascaramiento perfecto? El nombre de la abuela de Luciana a la vez mezclado y oculto en esa lista creciente de muertos. Nadie lo investigaría como un caso particular: su muerte quedaría para siempre disuelta, desvanecida, en la tragedia general. Ni siquiera se tomaría como un incendio deliberado, sino como un accidente, una consecuencia trágica de la quema de mueblerías. Quizá incluso se lo harían pagar al chino, si es que de verdad existía y lo encontraban. ¿Era Kloster capaz de planear y ejecutar algo así? Sí por lo menos en sus novelas. Casi podía imaginar la réplica despectiva de Kloster:

¿quiere usted mandarme a la cárcel por mis novelas? Tuve entonces un impulso fatal, equivocado, del que me arrepiento cada día. El impulso de actuar. De *interponerme*. Marqué el número de Kloster. No contestaba nadie y tampoco se accionaba en la repetición lenta del ring ningún contestador automático. Me vestí lo más rápido posible y tomé un taxi en la puerta de mi edificio. Atravesamos la noche en un silencio que sólo interrumpía el ulular de los carros de bomberos a lo lejos. La radio dentro del auto transmitía las noticias de los incendios que se sucedían como un contagio febril en toda la ciudad y cada tanto volvía a repasar morbosamente la lista de muertos en el geriátrico. Me bajé frente a la puerta de la casa de Kloster. Las ventanas de arriba estaban cerradas, y no se filtraba por las rendijas ninguna línea de luz. Toqué el timbre, inútilmente, dos o tres veces. Recordé entonces lo que me había dicho una vez Luciana sobre los hábitos de Kloster y sus prácticas nocturnas de natación. Fui hasta el bar donde me había reunido con ella y pregunté a uno de los mozos por un club cercano que tuviera pileta de natación. Sólo tenía que rodear la manzana. Caminé lo más rápido posible hasta dar con la fachada. El club tenía una escalinata de mármol y una puerta giratoria con una placa de bronce a un costado. Toqué un timbre en la mesa de entradas y del interior de un cuartito salió un ordenanza de aspecto cansado. Le pregunté por el natatorio y me señaló un cartel con los horarios: cerraba a medianoche. En un último intento le describí a Kloster y le pregunté si lo había visto.

Asintió con la cabeza y me indicó la escalera que conducía al bar y a las mesas de pool. Subí los dos tramos de escalones y me encontré en un gran salón con forma de U, con una muchedumbre silenciosa y concentrada de jugadores de poker distribuidos en torno a las mesas redondas y llenas de humo. Me miraron en un relámpago de recelo cuando me asomé desde la escalera, pero cuando se aseguraron de que no había nada que temer volvieron a sus naipes. Recién entonces comprendí por qué aquel club permanecía abierto a medianoche: era un garito apenas disimulado. En la barra un televisor sin sonido permanecía clavado en un canal de deportes. Había una mesa de ping pong, de la que ya habían sacado las redes, y detrás dos o tres mesas de pool. En la última, contra un ventanal que daba a la calle, vi a Kloster, que jugaba solo, con un vaso apoyado en el borde de la mesa. Me acerqué a él. Tenía el pelo echado hacia atrás y todavía mojado, como si no hiciera mucho que hubiera salido del vestuario, y los rasgos de su cara bajo la lámpara de la mesa se veían límpidos, tajantes. Estaba ensimismado en el cálculo de una trayectoria, con el taco apoyado en el mentón y recién cuando se movió hacia una esquina y lo levantó para preparar el golpe reparó en mí.

—¿Qué hace usted por aquí? ¿Un trabajo de campo sobre los juegos de azar? ¿O vino a jugar con los muchachos?

Me miraba de una manera serena y apenas intrigada mientras repasaba con la tiza la punta del taco.

—En realidad lo estaba buscando a usted. Creí que

lo encontraría en la pileta, pero me dijeron que estaba aquí.

—Siempre subo un rato después de nadar. Sobre todo desde que descubrí este juego. Yo lo despreciaba bastante en mi juventud, lo consideraba, ya sabe, un juego de fanfarrones de bar. Pero tiene sin embargo sus metáforas interesantes, su pequeña filosofía. ¿Intentó jugarlo seriamente alguna vez?

Negué con la cabeza.

—Es geometría en principio, por supuesto. Y de la más clásica: acción y reacción. El reino de la causalidad, podría decir usted. Cualquiera puede señalar desde afuera de la mesa una trayectoria obvia para cada jugada. Y así juegan los principiantes: eligen la trayectoria más directa, sólo se fijan en hundir la próxima bola. Pero apenas usted empieza a entender el juego se da cuenta de que lo que verdaderamente importa es controlar la trayectoria de la blanca *después* del impacto. Y esto ya es un arte bastante más difícil, hay que anticipar todos los posibles choques, las reacciones en cadena. Porque el verdadero propósito, la astucia del juego, no es hundir la bola sino hundirla y dejar la blanca libre y ubicada para volver a golpear otra vez. Por eso, de todas las trayectorias posibles, los profesionales eligen a veces la más indirecta, la más inesperada, porque siempre están pensando una jugada más adelante. No quieren solamente golpear, sino golpear y no dejar de golpear, hasta hundirlas a todas. Geometría, sí, pero una geometría encarnizada. —Se dirigió hacia la esquina de la mesa donde había dejado su vaso, tomó un sorbo, y volvió a mirarme, con las cejas algo arqueadas—. Y bien, ¿cuál es la cuestión tan urgente que lo trajo hasta aquí y que no podía esperar hasta mañana?

—Entonces, ¿no se enteró del incendio? ¿No sabe nada? —y traté de detectar en su cara el menor signo de simulación. Pero Kloster permaneció imperturbable, como si realmente no supiera todavía de qué le estaba hablando.

—Me enteré de que hubo algunos incendios ayer, una historia de mueblerías. Pero no estoy demasiado pendiente de las noticias —dijo.

—Hace dos horas incendiaron otra. Una tienda de muebles antiguos debajo de un geriátrico. El geriátrico de la abuela de Luciana. Todavía están sacando los cuerpos a la calle. La abuela de Luciana estaba en la primera lista de muertos.

Kloster pareció asimilar poco a poco la información, y permaneció por un instante consternado, como si estuviera haciendo el esfuerzo de confrontarla con otro recorrido de su pensamiento. Cruzó el taco sobre la mesa y me pareció ver en el movimiento de su mano un temblor ligero. Se dio vuelta hacia mí con la expresión oscurecida.

—¿Cuántos muertos? —dijo.

—Todavía no se sabe —respondí—. Habían sacado hasta ahora catorce cadáveres. Pero es probable que mueran varios más durante la noche en los hospitales.

Kloster asintió, inclinó hacia abajo la cabeza y abrió la mano como una visera para oprimirse las sienes. Caminó así de un lado a otro de la mesa, muy len tamente, con los ojos ocultos por el dorso de la mano. ¿Podía estar fingiendo esa conmoción? Parecía verdaderamente afectado por la noticia, pero en algún otro sentido que yo no lograba descifrar. Alzó por fin otra vez la mirada, pero no la dirigió hacia mí, sino a un punto impreciso, como si hablara para sí mismo.

—Un incendio —dijo, todavía sin mirarme, detenido en esa reflexión trabajosa—. Fuego, claro que sí. Y ya veo también por qué vino a buscarme hasta aquí. —Bajó los ojos de pronto hacia mí en una mirada fulminante de desprecio—. Usted cree que salí de mi casa hace un par de horas con mi bolso, le prendí fuego a ese geriátrico y me vine después a nadar tranquilamente mis cien piletas, mientras los viejitos ardían y se carbonizaban. Eso es lo que cree, ¿no es cierto?

Hice un gesto de incertidumbre.

—Luciana lo vio hace dos semanas, detenido frente al edificio de ese geriátrico y mirando hacia los balcones. Fue por eso que vino a buscarme, creía que usted planeaba algo contra su abuela.

Kloster me midió con la mirada, pero sin que el gesto de desprecio se desvaneciera del todo, como si lo impacientara que aquello fuera lo único que yo pudiera oponerle.

—Es posible, es muy posible. En mi novela también debía imaginar una muerte en un asilo de ancianos. Hice una recorrida por varios, en distintos barrios. Algunos los miré sólo por afuera y tomé notas mentales. En uno o dos fingí incluso que quería internar a un familiar y los visité por adentro. Se sorprendería de la facilidad con que le abren a uno las puertas. Quería encontrar algún detalle para una muerte que fuera convenientemente ingeniosa. Pero yo estaba pensando siempre en *una* muerte, *una* persona. No se me había ocurrido esta solución a la vez tan simple y brutal: arrasar con todo. Digámoslo así, a mí también me sorprende cada vez. El *modo*. Aunque bien mirado, el fuego era una elección bastante obvia.

Había ahora algo extraviado en su forma de hablar, como si se estuviera refiriendo a una tercera persona. Me volvió a mirar, aunque sus ojos estaban erráticos, y volvió a caminar, en lo que parecía una lucha furiosa con sí mismo.

—Pero todos esos muertos… por supuesto son inocentes —dijo—. Eso no debía pasar. No debía pasar de ningún modo. Es hora de detenerlo. Y a la vez, es demasiado tarde. Ya no sabría cómo detenerlo.

Se acercó a mí y ahora su expresión había cambiado otra vez, como si quisiera presentarme su cara totalmente desnuda, y se pusiera a mi merced para que yo lo juzgara.

—Otra vez le pregunto: ¿cree que fui yo? ¿Cree que soy yo cada vez?

Retrocedí un paso, sin poder evitarlo. Los ojos de Kloster tenían algo devastado y aterrador, como si en las pupilas ardiera una clase de locura mucho más arraigada y oscura que la de Luciana.

—No, no lo creo —dije—. Aunque ya no sé qué creer.

—Pero debería creerlo —dijo Kloster, con un tono sombrío—. Debería creerlo, aunque por otras razones. Hace unas horas, antes de venir aquí, yo había empezado a escribir justamente esa escena, la muerte en el asilo. Dejé la idea en borrador, sobre mi escritorio. Y ya ve, ocurrió otra vez. Sólo cambia la forma. Como si quisiera dejar su sello. O burlarse de mí. Una corrección de *estilo*. Cada vez ocurrió así. Sólo tenía que escribirlo. Al principio traté de convencerme a mí mismo de que debían ser coincidencias. Coincidencias por supuesto muy extrañas. Demasiado exactas. Pero el dictado… ya había empezado. Supongo que podría decir que es una obra en colaboración.

—En colaboración… ¿con quién?

Kloster me miró con recelo, como si hubiera llegado demasiado lejos y de pronto dudara de que pudiera confiarme aquello. O quizá, porque era la primera vez que se decidía a contarlo.

—Traté de decírselo, la primera vez que hablamos, cuando reconocí que yo tampoco creía que las muertes fueran del todo casuales. Pero no hubiera podido en ese momento ponerlo en palabras. Era la única explicación posible, y a la vez, la única que nadie hubiera creído. Ni siquiera yo la creía del todo… antes de que pasara esto. Posiblemente usted no la crea ahora tampoco. Pero recordará que le mencioné el prefacio a los *Cuadernos de notas* de Henry James.

—Sí, me acuerdo perfectamente: me dijo que había tomado de allí la idea de dictar sus novelas.

—Hay algo más en ese libro. Algo que se revela en unas anotaciones íntimas entre apunte y apunte, y que yo nunca hubiera imaginado del irónico y cosmopolita Henry James. Tenía, o creía tener, un espíritu protector, un «buen ángel». A veces lo llama su «demonio de paciencia», otras veces su *daimon*. O también el «bendito Genio», o «*mon bon*». Lo invoca, lo espera, lo percibe a veces sentado cerca de sí. Dice incluso que puede sentir su aliento cerca de su mejilla. A él se encomienda, a él le reclama cuando no llega la inspiración, a él aguarda cada vez que se instala en un nuevo cuarto a escribir. Un espíritu tutelar que lo acompañó toda su vida... hasta que empezó a dictar. Eso es quizá lo más notable en los cuadernos: la desaparición de toda referencia a su ángel a partir de la fecha en que otra persona entró a su cuarto de trabajo. A partir de que las palabras dictadas en voz alta reemplazaron al ruego en silencio. Como si esa colaboración secreta se hubiera interrumpido para siempre. Recuerdo que cuando leía estas invocaciones al buen ángel no podía evitar sonreírme: apenas podía imaginar al venerable y distinguido James rogando como si fuera un niño a un amigo invisible. Me parecía pueril, a la vez ridículo y conmovedor, como si estuviera espiando por una ventana algo que no debía saber. Sí, me reía de todo esto y lo olvidé casi de inmediato. Hasta que empecé yo mismo a dictar. Y al revés de James, tuve con el dictado, a través del dictado, mi propia visitación. Sólo que no era un buen ángel.

Tomó otro sorbo de su vaso y su mirada se perdió por un momento, hasta que apoyó otra vez el vaso sobre el borde de la mesa y volvió a mirarme, con esa expresión desguarnecida.

—Creo que ya le conté de esa mañana: había empezado a dictarle a Luciana después de varios días de enmudecimiento, de parálisis, y tuve de pronto un rapto, una sensación de transporte. Mientras yo le dictaba a Luciana, *alguien más me dictaba a mí*. Era un susurro imperioso que vencía todo escrúpulo, toda vacilación. La escena que tenía por delante, la escena en la que me había detenido, tenía que ser particularmente horrorosa. Sangrienta sí, pero también metódica: la ejecución de una venganza cainita. Nunca antes había tenido que escribir algo así, en general yo siempre preferí crímenes más civilizados, menos estentóreos. Pensé que no estaba en mi naturaleza, que nunca podría hacerlo. Y de pronto, lo único que tenía que hacer era *escuchar*. Escuchar ese susurro sibilino y feroz que hacía comparecer con realidad perfecta el cuchillo y la garganta. Seguir esa voz, esa ilación milagrosa que no retrocedía ante nada, que mataba y volvía a matar. Thomas Mann cuenta que al escribir *Muerte en Venecia* tuvo la sensación de un caminar absoluto, la impresión, por primera vez en su vida, de ser «llevado en el aire». Yo también sentía aquello por primera vez. Pero no podría decir que esa voz me llevara benévolamente en brazos. Era más bien como si me arrastrara y me dominara, con una maldad primitiva y superior que no me permitía desobedecer. Una voz a la que yo en todo caso seguía a duras penas, que se había apoderado de todo, que parecía blandir por sí misma el cuchillo con una alegría salvaje, como si quisiera decirme: es fácil, es simple, se hace así y así y así. Cuando terminé de dictar esa escena estaba sorprendido de no tener manchas de sangre en las manos. Pero me había quedado algo de la euforia casi sexual que dan los raptos de inspiración. Un resto de ese impulso omnipotente. Creo que fue esa mala mezcla lo que me empujó sobre Luciana. Recién volví del todo a la realidad cuando percibí que ella se resistía.

Alzó un poco la cabeza y la movió de una manera casi imperceptible, como si se reprobara en silencio y quisiera apartar para siempre la escena de su memoria.

—Mucho después, a la noche, leí otra vez esas páginas que le había dictado. Eran de otro, sin duda. Yo nunca hubiera podido escribir algo así. Sin fallas, sin vacilaciones. Un lenguaje primordial, con una fuerza terrible y primitiva que se abría paso a lo más hondo del mal. Me dio terror verlas allí escritas, fijadas en la tinta sobre el papel, como si fueran la evidencia incontrastable de que aquello había sido *real*. No pude volver a tocar esa novela, como si estuviera contaminada fatalmente por esa otra escritura. Quedó allí, abandonada, con la última frase que le había dictado a Luciana antes de que se levantara para hacer café. La guardé en un cajón y traté de olvidarme, de negar con todos los argumentos racionales lo que me había ocurrido. Después… tuve esa sucesión de catástrofes. Perdí a mi hija, perdí mi vida. Quedé fuera del mundo, vacío de toda idea. Sólo podía pasar esa cinta, una y otra vez. Creí que nunca volvería a escribir. Hasta que fui, en el verano, a esa playa. Y vi desaparecer el cuerpo aquel en el mar. Como un signo escrito en el agua. Cualquiera hubiera dicho que fue un accidente, por supuesto, y también así lo creí yo en ese momento. Pero igualmente pude leer lo que ese signo decía para mí. Supe cuál era la historia que debía escribir. No sabía, no hubiera imaginado, que ya era su obra, el comienzo de su obra. Volví a Buenos Aires al día siguiente: sólo quería *empezar*. Tenía de pronto una inesperada claridad. Veía en el fondo del túnel la luz todavía diminuta, pero inconfundible, de mi tema. No era tan distinto al fin y al cabo del de la novela sobre los cainitas que había abandonado. Sólo que transcurriría en la época contemporánea. Habría una chica, lo suficientemente parecida a Luciana. Y alguien que había perdido una hija, como yo. Esa chica tendría una familia, con los mismos integrantes que la de Luciana. A diferencia de todas mis otras novelas, en ésta quería mantener algunas semejanzas, porque sentía que la fuente secreta, la herida que necesitaba soplar, era la mía. No quería olvidarme, ni dejarme arrastrar, como en mis otros textos, por los vaivenes de la imaginación. El tema, por supuesto, sería el castigo. Las proporciones del castigo. Ojo por ojo, dice la ley del Talión, pero ¿qué ocurre si un ojo es más pequeño que el otro? Yo había perdido a mi hija, pero Luciana no tenía hijos. ¿Podía equipararse acaso mi hija con ese novio pasajero, con el que ni siquiera parecía llevarse muy bien? Le preguntaba a mi dolor y mi dolor clamaba que no. Me puse a escribir con una determinación espartana, pero algo parecía estar también seco, extinguido, dentro de mí, como si la muerte de mi hija me hubiera exiliado no sólo de lo humano, sino también de mi propia escritura. Las pocas líneas que alcanzaba a borronear cada día me resultaban irreconocibles, no lograba dar con el principio, con el tono, con las palabras. Entonces, a mi manera, lo invoqué. Lo invoqué noche tras noche, hasta que de pronto me di cuenta de que no estaba solo. Había regresado. Lo sentía otra vez sobre mi hombro. Y lo dejé hacer. Dejé, otra vez, que me dictara. Que me diera el impulso, el fiat, que hiciera vibrar el diapasón. Fue como un deshielo lentísimo, como si la piedra en la que me había convertido empezara a supurar. Pero estaba otra vez escribiendo, y sabía muy bien a quién se lo debía. Para mis adentros lo llamaba «mi Sredni Vashtar». Y aún invisible, su voz monstruosa era para mí tan reconocible como la respiración cercana de alguien familiar. Era no sólo real sino casi palpable y me parecía que también cualquiera podría señalar en las páginas las frases que le pertenecían. Que eran, al principio, casi todas. Pero el mismo movimiento de la mano, como si fuera un mágico ejercicio *muscular*, me trajo de a poco mi vieja habilidad, me devolvió algo de mi antiguo ser. Él había hecho circular la electricidad, y el muerto volvía a vivir. Volví en mí y a mí. Recobré mi viejo orgullo, el único que tengo, y ya no quise más su compañía. Preferí volver a mis largas vigilias, a mis vacilaciones de siempre, a mis circunloquios, a mi propia imaginación. No fue fácil quitármelo de encima. Lo sentía a horcajadas sobre mi cuello, como el viejo del mar. Y por supuesto sus frases siempre eran mejores. Primordiales, salvajes, directas. Pero logré rechazarlas una por una, a pesar de la tentación. Y en algún momento sentí que volvía a quedarme solo. Creí que había logrado por fin deshacerme de él.

—¿Cuándo fue esto?

—Casi un año después, poco antes de escribir la escena de la muerte de los padres. Yo había imaginado que morirían en su casa en la playa, en unas vacaciones de invierno, por el escape de monóxido de carbono de una estufa. Todos los años sucede algún accidente así. No había considerado ninguna otra posibilidad. Al volver a escribir por mí mismo, algo más había ocurrido: parte de mi rencor se había disuelto, la vida se había reanudado, empezaba a olvidarme de Luciana. La novela ya no era una muñeca de vudú donde clavar mis alfileres. La escritura, otra vez, me había llevado a una deriva benéfica, donde esos padres ya no eran los padres de Luciana y podía considerarlos artísticamente, e imaginar la muerte que mejor les conviniera, como a otro par cualquiera de personajes de otra cualquiera de mis novelas. Al fin y al cabo, había pasado toda una vida imaginando muertes. Y quizá porque ya no tenía las mismas ansias de venganza, imaginé un final indoloro, durante el sueño, los dos juntos en la cama matrimonial. Escribí la escena con una tranquilidad de espíritu total. Entonces, un par de semanas más tarde, me llegó la carta de Luciana. Sus padres habían muerto *de verdad*. La carta era confusa, en realidad una súplica de perdón por aquella primera demanda que había empezado todo, pero mencionaba la muerte de sus padres, como si fuera algo que yo necesariamente tuviera que saber. Y aparecía la fecha de las muertes: *el día después de que yo había escrito la escena*. Quedé, por supuesto, anonadado. Busqué la noticia en los diarios de quince días atrás. Allí estaban los detalles. Las circunstancias habían sido algo distintas, pero como si sólo se tratara de una diferencia de estilo: una muerte mucho más horrenda pero, a su manera, natural.

—Cuando usted dice *natural* —lo interrumpí, porque recordé de pronto lo que yo mismo había pensado, lo que había estado a punto de ver en el sótano del diario— se refiere acaso…

—Al sentido más literal. A que no necesitó de calefones ni de hornallas. De nada que tuviera que ver con la civilización. El veneno de una planta. Una muerte simple, primitiva: me di cuenta de inmediato que había sido ideada por él. Y quedé, como comprenderá, absolutamente impresionado. Una cosa era percibir su presencia en el susurro, en la extraña comunión de ese dictado privado, o en las líneas al fin y al cabo inocentes de un texto, y otra, muy distinta, era admitir que pudiera existir fuera de mí y llegar a matar por su cuenta en la vida real. No di ese paso. Aunque la evidencia estaba allí, frente a mis ojos, no pude llegar a creer que había una conexión de causalidad, que la realidad hubiera respondido a mi texto. En esos últimos meses, como le dije, había vuelto en mí. Las pocas líneas que lograba asentar trabajosamente cada día me habían devuelto de a poco a mi antiguo ser. Y mi antiguo ser había sido siempre escéptico y aun despectivo con todo aquello que no fuera racional. Yo era, al fin y al cabo, el que había empezado una carrera científica, el que había escrito pasajes enteros de burla contra cualquier idea de religión. Para mis adentros, había decidido considerar todo el episodio del dictado como un rapto pasajero, una perturbación mental después del duelo. Aquello sí podía admitirlo: que había enloquecido de dolor. Aun así, aunque me negara a creer, había quedado consternado y dejé en ese punto a la novela. Quedó abandonada, en un cajón, durante años. No fue exactamente un temor supersticioso, sino algo más íntimo: el motor secreto, el ansia de venganza dentro de mí, se había extinguido. Al morir los padres de Luciana yo había tenido, finalmente, aunque suene monstruoso, mi reparación. Aquello que había sido mi herida y mi llama se había mitigado y después del primer momento de estupor por la coincidencia me sentí en paz, una paz quizá algo culposa, porque no dejaba de tener la impresión de que al haber anticipado y preparado esas muertes en mi imaginación, de un modo indirecto y misterioso las había propiciado. En todo caso, las proporciones me parecían ahora justas y estuve a punto de escribirle a Luciana en respuesta. Verdaderamente, ya no sentía por ella ningún rencor.

—Y sin embargo, en algún momento volvió a abrir el cajón.

Kloster asintió con un movimiento lento de cabeza.

—Pasaron los años, tres, cuatro, ya no recuerdo. No volví a pensar en nada de esto y publiqué entre tanto otros libros. Hasta que un día leí en un diario un pequeño artículo sobre los sueños premonitorios. Usted sabe, a la noche alguien sueña que un ser querido muere y al día siguiente la premonición se cumple, como si el sueño fuera realmente una anticipación, la flecha que parte hacia el blanco. El artículo estaba escrito por un profesor de estadística, en un tono burlón. Hacía una cuenta muy simple de cálculo de probabilidades y mostraba que la probabilidad de que un sueño premonitorio se cumpla es muy baja, pero no tan baja como para que en una ciudad grande, como Tokio o Buenos Aires, rutinariamente ocurra esta coincidencia entre los dos sucesos: el sueño de algún X y la muerte de su ser querido Y. Por supuesto que para quien tuvo el sueño la consecuencia resulta impresionante y no puede ver sino un fenómeno psíquico, un poder sobrenatural, pero para alguien que pudiera mirar la enorme ciudad desde arriba en la noche y llevara el cómputo de los sueños, no habría más sorpresa que la de quien canta las bolillas en la lotería cuando alguien grita su número. El artículo era muy convincente y me hizo pensar de otra manera sobre esa escena que había escrito y la muerte de los padres de Luciana. Casi me avergonzaba por haber cedido a la superstición, en el fondo tan arrogante, de creer que mi escritura pudiera haber tenido aquel efecto sobre la realidad. A la distancia, me parecía ahora clarísimo que no había sido sino una coincidencia entre dos sucesos independientes, como los llamaba ese profesor. Aquella noche un ejército de escritores habría estado, como yo, imaginando una u otra muerte. Me había tocado a mí que ocurrieran a continuación en la realidad. Un número de lotería en el mar de las estadísticas, que me había sido asignado al azar. Volví a abrir el cajón. Volví a leer la novela hasta ese punto. Y fue otra cosa la que ahora me sorprendió. Aquellas páginas, aquella novela… era lo mejor que había escrito nunca. Algo más extraño aún: ya no podía distinguir que hubiera, o que nunca hubiera habido, dos escrituras. Ya no hubiera podido señalar cuáles de las frases me habían sido dictadas. En realidad, todo el texto me parecía a la vez familiar y escrito por otro, pero esto ya me había ocurrido otras veces, al reabrir viejos libros míos y encontrar fragmentos irreconocibles. Lo que quiero decirle es que decidí creer, quise creer, que cada una de esas páginas las había escrito yo. Que cada idea era sólo mía. Quise *apoderarme* de la novela. Pero en verdad debería decir que ella se apoderó otra vez de mí. No me pude resistir a continuarla. Me daba cuenta de que sería, sin duda, mi obra mayor. Quizá la única verdaderamente grande. Ya ve, cedí a esa otra superstición arrogante, la de querer hacer algo «grande». Como sea, volví a ella otra vez, cada noche. Y llegó el momento de imaginar la muerte del hermano.

—¿Aun cuando ya sabía lo que podía desencadenar?

—En la novela, la venganza debía continuar —dijo Kloster, como si ya fuera demasiado tarde para arrepentirse—. Pero tuve, sí, una vacilación. Tuve meses enteros de dudas, de escrúpulos morales. Sentí, como en el relato de De Quincey, la separación delgada, en el borde del abismo, entre ser un diletante del asesinato y lo que significa convertirse realmente en asesino. Hasta que me pareció encontrar la manera. Fue una iluminación equivocada. Creí que bastaba con imaginar una muerte muy improbable, de coincidencias extremas, para que no pudiera replicarse en la realidad. Luciana me había contado alguna vez que su hermano, mientras estudiaba Medicina, había hecho una pasantía en el servicio penitenciario. Esto era todo lo que sabía de él. Por otra parte, yo había tenido, como usted sabe, correspondencia con algunos presos de distintas cárceles. Uní estos dos extremos e imaginé que uno de los reclusos en una cárcel de alta seguridad fingía una convulsión para ser llevado a la enfermería. Esa noche estaría de guardia el hermano de Luciana, ya convertido en médico residente, y el preso lo mataría con una faca en un intento de fuga. Todavía, al escribir la escena, añadí otros detalles con lo poco que sabía del interior de las cárceles, para que el encadenamiento de hechos pareciera más verosímil pero fuera, sutilmente, más improbable. Y sin embargo, *volvió a ocurrir*. Otra vez de una manera un poco diferente. Otra vez como si fuera una versión corregida por alguien más audaz, y más cruel. Y como si fuera parte de la burla, con una secuencia de hechos todavía más insólitos. El preso no había intentado fugarse: le abrían la puerta gentilmente sus propios carceleros, para que saliera a robar. El hermano de Luciana ya no trabajaba en la cárcel, pero en su paso por la enfermería había conocido, entre todas las mujeres de todos los presos, justo a la de éste, el más sanguinario. Me enteré como usted, como todos, primero por los diarios. Esa mañana leí, y volví a leer sin poder creerlo, el nombre del hermano de Luciana. Coincidía la edad, coincidía la profesión, podía ver en la foto el parecido. Había ocurrido sí, otra vez.

—Y había también, otra vez, un elemento salvaje, primitivo —dije, reconociendo por fin la conexión que se me había escapado—: lo había matado con las manos desnudas, sin usar el arma.

—Exactamente: era su sello, lo advertí de inmediato. Empezaba a entender sus métodos, sus predilecciones: el oleaje embravecido del mar, el veneno natural de los hongos, la crueldad de un hombre lanzado sobre otro como en el principio de los tiempos, a zarpas y dientes, como una bestia humana. Unos días después vino a verme ese comisario, Ramoneda, y me mostró las cartas anónimas. Unas cartas burdas, pero aun así precisas, efectivas. Estuve a punto de contarle todo, tal como se lo cuento ahora a usted. Pero él tenía su propia teoría. Vio un libro de Poe en mi biblioteca y empezó a hablarme de *El corazón delator*. Del deseo de confesar que había visto una y otra vez en los asesinos. Me di cuenta, por la manera en que me hablaba de Luciana, que sospechaba de ella. Me preguntó si yo tenía alguna muestra de su letra manuscrita. Le di la carta que había recibido unos años antes, donde me pedía perdón. La leyó con cuidado y mientras cotejaba la caligrafía me confió que Luciana había estado internada en una clínica, con un síndrome que llaman de culpabilidad morbosa. Son pacientes que guardan en secreto una culpa por algún daño que han hecho y no fue castigado. Buscan indirectamente, de distintos modos, castigarse a sí mismos. Me dijo que Luciana estaba obsesionada con la idea de que había tenido algo que ver con la muerte de mi hija. Escuchar eso, tantos años después, me dio una clase de alegría tardía y amarga. Yo había deseado que no pudiera dejar de pensar en Pauli, cada día de su vida, y ese deseo también me había sido concedido. Ramoneda no dijo nada más, y me pareció muy claro que fueran cuales fuesen sus sospechas, se las guardaría para sí, sin hacer nada. Después de todo, ya tenía a sus culpables y la presión de todo un gobierno para que cerrara el caso y acallara el escándalo de la fuga. Pero después que se fue, yo me encontré pensando si aquélla no sería otra explicación posible. Una explicación, al fin y al cabo, racional. Volví a mirar cada una de las muertes bajo esta nueva luz. También Luciana habría podido mezclar alguna sustancia en el café de su novio: estudiaba biología, sabría muy bien qué elegir y estaba sentada cada día a su lado. También Luciana, al año siguiente, podría haber sembrado en el bosquecito los hongos venenosos, en la misma clase de viaje relámpago a Villa Gesell con que quiere acusarme a mí. ¿No era ella acaso la que sabía todo sobre hongos? Y también Luciana, finalmente, podría haber escrito las cartas anónimas. Era muy probable que supiera de la relación de su hermano con esa mujer. Y sin embargo, tuve que descartar esta posibilidad antes de llegar muy lejos: lo que Luciana nunca hubiera podido lograr era ese sincronismo enloquecedor entre las fechas de las muertes y el avance de mi novela. Pero aun así, haber pensado en otra hipótesis, y en una que había venido, imprevistamente, desde afuera, me hizo recobrar la esperanza de que hubiera espacio para una explicación racional, aunque a mí no se me ocurriera. Ya ve, había todavía algo en mí que no quería rendirse. No podía admitir, intelectualmente, que aquello, que ya había ocurrido dos veces, pudiera seguir ocurriendo. Quise entonces desafiarlo. Procedí como lo haría el escéptico que pasa a propósito debajo de una escalera. Decidí escribir una muerte más, *para ponerlo a prueba*. La prueba científica de la repetición. Ésta fue en todo caso la justificación que me di a mí mismo en ese momento, pero sé que había algo más. No me importa decírselo ahora: no quería dejar de escribir esa novela. Aun cuando sabía que podía exponer a un peligro de muerte a otra persona. Aun así, no podía resignarme a la idea de abandonarla. De manera que empecé a imaginar la próxima muerte. Como le dije, visité distintos asilos y pensé en una serie de variantes ingeniosas. Pero en realidad yo quería dar con una muerte que fuera lo opuesto a su estilo. Que fuera *antagónica* a todo lo que era él. La idea, curiosamente, me la dio usted, en esa charla que tuvimos. Fue cuando hablamos de la abuela de Luciana y usted me dijo que por supuesto no contaría en contra de mí si ella muriera de muerte natural. Apenas lo escuché supe que aquello tenía que ser. Simple y perfecto. Una muerte natural. Que a la vez, me daba también alguna tranquilidad de conciencia. No estaba ya imaginando y escribiendo un crimen, sino una muerte piadosa para una persona que desde hacía años estaba postrada. Hoy por la tarde al fin me había decidido a escribir el primer borrador. *Una* muerte. *Una* persona. Eso es todo lo que quise hacer. ¿Al menos eso me cree?

Kloster me miró a los ojos, como si esperara una respuesta inmediata de mí.

—No importa lo que yo crea —dije—. Lo que importa es lo que Luciana cree. Me llamó esta noche, después del incendio: por eso estoy aquí. Está desesperada, y creo que al borde de la locura. Le prometí que iría a verla. Pero quisiera ir con usted.

—¿Conmigo? —y Kloster hizo una mueca, como si sólo considerar la idea le resultara un esfuerzo desagradable—. No veo en qué ayudaría. Más bien podría empeorar las cosas.

—Quiero que escuche de usted mismo algo de lo que me dijo recién a mí. Aunque sea esta mínima parte: que desde la muerte de sus padres, ya no le guarda rencor. Yo creo que eso solo, dicho por usted, para ella cambiaría todo.

—¿Y después nos daríamos un gran abrazo cristiano de reconciliación? Muchacho, usted sí que es ingenuo. ¿No se da cuenta todavía de que ya no depende de mí? Hace diez años, en mi desesperación, mi ateísmo se quebró y yo también recé. Recé cada noche a un dios oscuro, desconocido. Esa plegaria fue escuchada y se está cumpliendo lentamente, tal como yo lo había pedido. Salió de mí, pero ya no puedo hacer que vuelva a mí. Porque el castigo, todo el castigo, ya fue escrito. *Escrito está.*

—¿Cómo puede saber cuánto está escrito? ¿Cómo puede saber si un gesto de perdón ahora no podría cambiarlo todo? Y si lo que me contó sobre su novela se estuviera cumpliendo tal como dice, hay algo elemental que usted sí podría hacer: dejar de escribirla, abandonarla ya mismo.

—Podría incluso quemarla, pero no significa que fuera a detener nada. Está fuera de mí. Y creo que ahora se *anticipa* a mí: esta última vez no esperó a que la escena estuviera totalmente escrita y terminada.

—¿Quiere decir entonces que se niega a venir conmigo?

—Al contrario: ya le dije que quisiera detener esto, si sólo supiera cómo. Estoy dispuesto a ensayar el acto de perdón que a usted le parezca. Pero soy escéptico en cuanto al resultado. Ni siquiera sabemos si ella querrá verme otra vez frente a frente.

—¿Por qué no se lo preguntamos? ¿Hay aquí un teléfono desde donde pueda llamarla?

Kloster me señaló la barra y le hizo por encima de mí un gesto al mozo para que me dejara hablar. El mozo extendió el brazo de mala gana e hizo emerger un teléfono antiguo de baquelita, con un cable grueso en espiral. Me corrí a una de las banquetas del extremo y disqué los dígitos del número de Luciana, esperando con paciencia a que el disco volviera cada vez a su lugar. Escuché del otro lado una voz adormilada.

—¿Luciana?

—No: Valentina. Luciana se fue a acostar. Pero me dijo que la despertara si llamabas.

Hubo un ruido en la línea, como si hubieran levantado otro teléfono en una habitación cercana, y escuché la voz de Luciana, muy débil y transformada, como si hubiera perdido un elemento de voluntad.

—Dijiste que ibas a venir —había un reproche desmayado en su voz, como si ya no le sorprendiera que todo la abandonara—. Te estaba esperando. Porque yo… — y repitió con voz extraviada y en un susurro, como si no hubiera logrado moverse de ese único pensamiento— *no puedo ocuparme del ataúd*.

—Estoy con Kloster —dije—. Quiero ir con él, para que escuches lo que tiene para decirte.

—¿Venir con *Kloster*? ¿Ahora? ¿Aquí? —Parecía que la idea no lograba atravesar la primera defensa de la incredulidad. O en realidad, me pareció percibir, había algo inerme y desorientado en su voz, como si ya no pudiera razonar de una manera coherente y se aferrara a esas preguntas, de las que también finalmente resbalaba sin lograr asirse. De pronto rió, con una risa amarga, y su voz pareció recobrar por un momento la ilación—. Sí, sí, ¿por qué no? A conversar los tres, como viejos amigos. ¿No es gracioso? La primera vez que fui a verte todavía creía que había una pequeñísima esperanza. Que podría convencerte. Tenía un plan, algo que había pensado en todos estos años. Sólo necesitaba una ayuda de tu parte. Había aprendido de él. Lo había pensado todo, hasta el último detalle. Creí que podía anticiparme, antes de que fuera demasiado tarde. *No quería morir* —dijo, en un tono desgarrado, y escuché que rompía a llorar en silencio. Transcurrió un instante antes de que su voz retornara en un reproche, con el tono velado de una acusación—. Lo único que no pensé, lo único que nunca hubiera imaginado, es que vos pudieras creerle *a él*.

—No le creo —dije—. Ya no sé qué creer. Pero sí me parece que deberías escucharlo. Sería sólo un momento.

Hubo un largo silencio del otro lado, como si Luciana se esforzara por pensar en las implicaciones y los peligros de la visita, o lo considerara todo por una vez bajo otra perspectiva.

—¿Por qué no? —repitió por fin, pero ahora con un tono extrañamente desapegado, indiferente, como si ya nada pudiera tocarla. O quizá (pero esto sólo pude pensarlo después) había concebido otro plan, en el que ya no me necesitaba, y esta súbita aceptación, esta docilidad imprevista, era su forma de ponerlo en marcha—. Vernos frente a frente otra vez. Como gente civilizada. Me gustaría enterarme, supongo, de qué manera te convenció.

—Sería sólo un momento. Y después me voy a ocupar yo mismo del ataúd.

—¿Te ocuparías del ataúd? ¿Harías eso por mí? —y su voz dio un vuelco de gratitud, como una niña agradecida por un favor inesperado e inmenso.

—Claro que sí. Vos deberías descansar el resto de la noche.

—Descansar… —dijo con añoranza— tengo que descansar, sí. Estoy muy cansada —y pareció ensimismarse en un oscuro silencio—. Pero está Valentina. Es peligroso que me duerma otra vez porque tengo que cuidar a Valentina. Soy la única que puede cuidarla.

—Nada le va a pasar a Valentina —dije y sentí la impostación y la debilidad de mi propio intento de tranquilizarla. Demasiado había ocurrido ya desde la última vez que le había dicho una frase parecida.

—No quiero que él la vea —me dijo en un susurro—. No quiero que ella lo vea otra vez.

—Voy a estar yo —le dije—. Y no tiene por qué verla.

—Yo sé lo que él quiere. Yo sé a qué viene —dijo, como si un desvarío la dominara otra vez—. Pero quisiera que Valentina, al menos, pudiera salvarse.

—Tengo que cortar ahora —dije, para interrumpirla. Temía, sobre todo, que fuera a cambiar de opinión—. En diez minutos vamos a estar ahí.

Colgué y le hice una seña de asentimiento a Kloster, que dejó el taco cuidadosamente apoyado en la pared y me siguió hacia la escalera sin decir una palabra.

DOCE

Llego aquí a la parte más difícil de mi relato. Muchas veces después traté de volver en mi memoria a esos momentos, a los pocos minutos que se sucedieron desde que bajé con Kloster a la calle. Muchas veces repasé, como si fueran fotogramas, cada una de las escenas, en busca de algo que pudiera anticipar lo que no supe ver hasta que fue demasiado tarde. Pero los hechos, mínimos y fatales, aunque traté luego de volverlos del derecho y del revés, no podían ser más parcos. Kloster estaba acorazado en un silencio hostil, como si fuera arrastrado contra su voluntad a un trámite desagradable. Subimos a un taxi que tenía encendida la radio y le indiqué al conductor la dirección de Luciana. Nos advirtió que debería dar un rodeo porque algunas de las calles estaban cortadas a causa de los incendios. Sin que ninguno de los dos le preguntara nos contó que habían atrapado al chino, durante una redada en el bajo Flores, y que en la requisa de su casa habían encontrado un mapa con la ubicación de más de cien mueblerías. Pero aun así, nos dijo, había otros incendios por toda la ciudad. Patotas aburridas, piromaníacos, ajustes de cuentas entre muebleros que aprovecharon la volteada, vaya uno a saber. Nos hablaba con el costado de la boca, inclinando un poco la cabeza en diagonal, como si se dirigiera más bien a Kloster. Pero Kloster no daba ninguna señal de que realmente lo escuchara. En la intersección con la primera avenida habían puesto vallas y un policía desviaba el tránsito. El taxista nos señaló más adelante los carros de bomberos y un edificio con la fachada ennegrecida de donde se levantaba un penacho de humo negro y turbulento bajo la luz del alumbrado. Le pregunté si había muerto más gente en alguno de estos incendios y negó con la cabeza. Los únicos muertos habían sido los viejitos del geriátrico. Algunos estaban atados a las camas, nos dijo, y no habían podido ni siquiera bajarse. Habían muerto casi todos, ése había sido el verdadero desastre. Miré la cara de Kloster, que permanecía imperturbable, como si no le llegara ni una palabra de la conversación. La punta de su pie golpeteaba con impaciencia la alfombrita de goma del auto. No había visto en sus facciones ninguna muestra de emoción, pero quizá se debiera sólo a que se había encerrado en sus pensamientos y estaba demasiado lejos de nosotros. Cada tanto miraba por la ventanilla los nombres de las calles en los cruces, como si estuviera aguardando una señal de que el viaje terminaría pronto. Nos detuvimos por fin en la puerta del edificio de Luciana. Kloster bajó primero del auto y se aproximó con paso dubitativo a los paneles de vidrio, que dejaban ver el hall vacío e iluminado. Me acerqué detrás de él y toqué en el portero eléctrico el timbre del último piso. En el silencio penetrante de la noche escuchamos arriba de nuestras cabezas el ruido de una ventana que se abría, muy alto. Vi asomar fugazmente una cara y enseguida escuché una voz en el portero que no llegué a discernir si era de Luciana o de su hermana. Esperamos en silencio detrás de la puerta. Se percibía, apagado pero aun así audible a través del vidrio, el crujido del único ascensor que estaba frente a nosotros, y el rezongo neumático del descenso. La puerta del ascensor se abrió y avanzó hacia nosotros, con un llavero en la mano y la cabeza todavía baja, lo que creí por una fracción de segundo que era una aparición: la figura intacta y recobrada de Luciana a los dieciocho años. Llevaba puesto un saco largo de lana que no dejaba asomar demasiado del cuerpo, pero podía ver en esa chica alta y delgada, mientras daba los pocos pasos a la puerta, el mismo porte erguido y resuelto. Y cuando se echó hacia atrás el pelo suelto para buscar en el manojo de llaves, vi en un instante vertiginoso que también las facciones reproducían, en una réplica tan perfecta que resultaba impiadosa, la cara fresca de Luciana que yo había conocido diez años atrás. La misma frente despejada, los mismos ojos inquietos, los labios entreabiertos. Toda ella volvía y comparecía bruscamente, como un acto de ilusionismo sin fallas.

—Por Dios, ¡es idéntica a Luciana! —sólo alcancé a murmurar, y busqué a Kloster con la mirada, como si necesitara un testigo que me devolviera a la realidad—. A lo que era Luciana —me corregí involuntariamente.

—Sí, es bastante impresionante, ¿no es cierto? Yo también me sorprendí la primera vez —dijo Kloster, y tuve que preguntarme, mientras la seguía mirando con una fascinación antigua y nueva, si él la habría visto otras veces después de la primera.

La única diferencia que yo hubiera podido consignar es que parecía todavía más joven, más radiante, de lo que había sido Luciana a esa edad. Pero esto quizá sólo fuera porque mis ojos y yo teníamos ahora diez años más.

La puerta se abrió y Valentina buscó antes que nada la mirada de Kloster, sin ninguna prevención, sin ningún temor, como si hubiera entre ellos una clase de confianza secreta. Le dio un beso rápido en la mejilla y me miró a mí por primera vez.

—Mi hermana me habló mucho de vos —dijo simplemente.

—¿Cómo está ella ahora? —pregunté.

—Tranquila. Eso es lo que más me preocupa. Demasiado tranquila. Desde que llamaste se quedó sentada frente a la ventana. Me dijo que vendrían juntos y que se sentaría a esperarlos. Después no quiso hablarme más. Sólo se levantó para abrir la ventana cuando tocaron el timbre.

Mientras hablaba había descorrido la puerta del ascensor y empezamos a subir en silencio. En la quietud de la madrugada se agigantaban los ruidos y se oía el chirrido de poleas y el resuello herrumbroso del ascensor que nos izaba por el túnel vertical donde se multiplicaban los ecos. Yo miraba en esa cara recobrada sin salir todavía de mi sorpresa, y volvían a mí, también súbitamente recobradas, la atracción y la emoción que había llegado a sentir por esas facciones. Ahora que estaba callada, la ilusión era todavía más abrumadora y punzante. Sólo que ella no parecía tener ojos sino para Kloster, aunque se esforzaba con la torpeza de una adolescente para que no se notara. Advertí que a pesar de las huellas de llanto, no había dejado de pintarse un poco y presentí que si yo no estuviera ahí, ya se hubiera echado en sus brazos en busca de refugio. Quizá sí tenía después de todo Luciana razones para temer. ¿Por qué entonces no la había apartado esa noche con cualquier excusa? ¿Por qué había dejado que fuera a abrirnos la puerta y que estuviera ahora frente a frente con Kloster en la proximidad estrecha del ascensor? Mientras miraba los números que se iluminaban recordé por un instante que en la conversación por teléfono, apenas unos minutos atrás, Luciana había mencionado de una manera confusa algo sobre un plan para matar a Kloster. Yo lo había descartado casi sin prestarle atención, pero quizá realmente, como un recurso en extremo de su locura, se propusiera asesinarlo, y la docilidad inesperada a mi propuesta había sido el modo de atraerlo a su casa. Quizá ahora, mientras su hermana bajaba a abrirnos, ella estuviera buscando un arma. Todo esto pensé y lo volví a descartar, sin tomármelo ni por un instante en serio, como si se me hubiera cruzado una idea demasiado fantástica y melodramática. Y sin embargo, nunca llegué a pensar, no supe *ver*, la otra posibilidad, todavía más terrible, que nos esperaba. El ascensor se detuvo y cuando salimos al pequeño espacio frente a la puerta del departamento escuchamos el grito, un grito que todavía me despierta a veces en medio de las noches, el grito ahuecado, despavorido, de alguien lanzado al vacío. Y escuchamos también, antes de que Valentina lograra abrir la puerta, el retumbo brutal y siniestro del cuerpo contra el pavimento al final de la caída. Nos precipitamos a la vez dentro del departamento. La ventana estaba abierta de par en par. Nos asomamos y vimos, a medias extendido entre un cantero de adoquines y el cordón de la calle, el cuerpo roto de Luciana. Había quedado boca abajo, iluminado bajo la luz espectral del alumbrado, con el cuello en un ángulo extraño, como si fuera lo primero que se hubiera quebrado. Estaba totalmente inmóvil y una mancha de sangre empezaba a extenderse hacia un costado. Escuché junto a mí el grito, convertido en llanto desesperado, de la hermana de Luciana, que corrió escaleras abajo. Quedamos a solas con Kloster y cuando me aparté de la ventana, porque ya no podía seguir mirando, vi un papel que Luciana había clavado en el picaporte. Mis manos, como si no me pertenecieran, temblaban de una manera violenta, pero logré controlarme y lo saqué con cuidado. *Que al menos se salve ella*, había escrito en letras grandes y apresuradas. ¿Era un mensaje dirigido a mí, o una última súplica a Kloster? Él no se había apartado todavía de la ventana y cuando finalmente me miró no pude encontrar en su expresión ninguna huella de horror, de pena, de nada que hiciera recordar la compasión de lo humano por lo humano, sino algo que sólo podría describir como asombro y admiración intelectual, como si se encontrara frente a la obra de un artista más poderoso.

—¿Se da cuenta? —me dijo, en un susurro—. Otra vez él, de cuerpo entero. No podía haber elección más simple, más elemental, más acorde a su estilo. Un principio cósmico —y separó el índice del pulgar, como si soltara una partícula en el aire—. ¿Se da cuenta? —repitió—: *la ley de la gravedad.*

EPÍLOGO

Vi a Kloster todavía una vez más, en el entierro de Luciana. Era una de esas mañanas frías y brillantes con que se anticipa en la ciudad a fin de agosto, en los brotes de los árboles podados, en el aire más ligero y fragante, algo de la inminencia de la primavera. Me había sobrepuesto a mi antigua aversión por los ritos funerarios y había logrado traspasar la puerta de esa ciudadela de panteones roídos por el tiempo y tumbas prolijas y aterrantes. Si estaba finalmente ahí, forzándome a avanzar en el mar de cruces de cemento, no era por una última obligación que le debiera a Luciana, ni tampoco para mitigar mis sentimientos de culpa —que la visión de su rectángulo de tierra sólo podían aumentar— sino porque iba en busca de una última respuesta, o más bien, de la confirmación punzante de algo que todavía me costaba creer.

Y sin embargo, lo había visto desarrollarse con todos los signos delante de mí. Lo había sorprendido en la mirada de Valentina dirigida a Kloster mientras subíamos

223

por el ascensor, y no había logrado sumar dos más dos: había preferido creer que sólo se trataba de una admiración platónica que le habían despertado sus libros, un arrebato adolescente que a Kloster no se le ocurriría corresponder. Pero había visto después, en los instantes caóticos que siguieron a la muerte de Luciana, la rapidez enérgica con que había actuado el escritor. Lo había visto calmar y consolar a Valentina en algo que se parecía demasiado a un abrazo y organizar las cosas de tal modo que después de dar mi declaración yo había terminado en un taxi rumbo a mi casa, todavía anonadado, mientras él se quedaba a cargo de todo, y sobre todo de ella. Y si yo no me había resistido, si no había logrado oponerme, fue porque en esa cara arrasada, entre las lágrimas y la desesperación, pude percibir que Valentina lo prefería así: que quería quedarse a solas con él.

Ahora que iba a buscar la última prueba, no me importa decir que tenía también una última esperanza, la de encontrarla sola. Al repasar las escenas de esa noche terrible, a pesar de todas las evidencias, creí que quedaba un resquicio para suponer que la inclinación por él en ese momento trágico tuviera que ver con la figura paternal que proyectaba Kloster, y el aturdimiento de su dolor. Apenas ella reflexionara, apenas tuviera un momento para reflexionar, me repetía, tenía que apartarlo de sí con horror.

Pero cuando encontré por fin, después de bordear las chimeneas del crematorio, el camino hacia el sector trasero de las tumbas más recientes, allí estaban otra vez juntos, la cabeza de ella inclinada como si estuviera rezando una oración y la mano de él sobre su hombro. Nadie más había asistido al entierro, había sobre el espacio de tierra todavía sin lápida un único ramo de flores y en el silencio del cementerio se los veía como un padre y una hija que habían quedado uno para el otro solos en el mundo. Cuando me acerqué Valentina alzó la mirada y algo en sí se retrajo, como si hubiera preferido no verme. Sólo pude pensar que quizá yo le recordara demasiado las advertencias de su hermana contra la persona a la que había decidido confiarse. Me adelanté de todas maneras hacia ella para darle el pésame y Kloster tuvo que liberar su mano del hombro. Lo saludé fríamente y por un largo minuto quedamos los tres en un silencio incómodo, mirando el ramo de flores sobre la tierra oscura, recién esparcida. En un momento sentí que Kloster me tocaba el codo y me hacía una seña para que nos apartáramos. Caminamos unos pasos hacia el costado, hasta que se detuvo y se volvió para mirarme. No parecía haber en él la menor intranquilidad, ni nada parecido a la pena, ni, mucho menos, remordimientos: sólo un asomo de curiosidad, como si le interesara discutir conmigo un detalle intrigante.

—Hay algo que nunca supe —me dijo—. Luciana dejó una nota, ¿no es cierto? Un mensaje que usted guardó.

—Que guardé y entregué a la policía —le dije. Pero Kloster no pareció registrar la intención de mi tono.

—Y bien, ¿qué decía el mensaje?

—*Que al menos se salve ella* —dije.

Kloster quedó un instante en silencio, como si repitiera para sí las palabras en busca de un sentido profundo y de alguna manera las aprobara.

—Aunque era locura, tenía su método —dijo—: quiso ser hasta el final la guardiana de su hermana. Pobre chica: no podía estar más equivocada. Cómo pudo creer que yo le haría algún daño, cuando es la única persona por la que pude volver a sentir algo. La persona que me devolvió a la vida. Mire a su alrededor —me dijo y me hizo un gesto que abarcaba los campos de cruces y lápidas, la perspectiva vertiginosa de las tumbas en hilera—. Éste era el paisaje que visitaba todos los días. *Todo verdor perecerá.* Aquí es más fácil que en cualquier otro lado creerlo. Y sin embargo, si ha venido lo suficiente, sabe que aun debajo de las lápidas con el tiempo empieza a crecer el musgo. Ya ve, yo creía estar muerto, tan muerto como todos ellos, pero a pesar de todo también había para mí una esperanza. —Se dio vuelta hacia Valentina y la miró con admiración—. Es una personita extraordinaria —dijo—. Y realmente valiente: no quiso creer nada de lo que su hermana le contó de mí.

—Todavía no cumplió dieciocho años —no pude evitar decirle—: a esa edad la valentía también puede ser inconciencia.

—No cumplió los dieciocho, es verdad —dijo—. ¿No es doblemente milagroso que se haya apegado a mí? A ella no parece importarle la diferencia de edad, espero que a usted tampoco. —Me miró por un momento con un destello desafiante pero enseguida recobró el humor con un gesto benigno—. Tenemos algo en común más fuerte: ella perdió a un padre y yo perdí a una hija.

—Ella perdió *a toda su familia* —dije, con un temblor de indignación, pero Kloster apenas pareció notarlo, como si le hubiera señalado una diferencia no esencial.

—Los dos perdimos demasiado —dijo—: por eso quiero sobre todo ampararla. Que pueda tener una nueva vida. Cuando todo esto acabe vendrá a vivir conmigo.

—Espero que no acabe tan pronto: habrá una investigación.

—¿Habrá una investigación? —repitió Kloster, como si no lo creyera del todo, en un tono que me pareció casi burlón—. ¿Por ese mensaje oscuro, que parece otro signo de locura? Los hechos fueron clarísimos, no creo que pueda irse mucho más allá. Los tres vimos y oímos lo mismo. Nadie la empujó.

—Usted sabía, ¿no es cierto? Cuando fingió que se dejaba convencer para que fuéramos a verla. Cuando consintió en acompañarme. Usted sabía que ella no podría resistir la confrontación.

—Creo que usted me sobreestima. ¿Cómo podía *saber* algo así? Pero tuve el presentimiento de que sólo empeoraría las cosas. Y eso se lo advertí. Quizá debí negarme con más fuerza. Pero esa noche me había abandonado ya toda voluntad. Me dejé conducir. Me daba cuenta de que no era yo el que escribía los hechos, sino alguien delante de mí.

—¡Basta ya con eso! No lo creí ni la primera vez. Fue usted. Usted. Cada vez fue usted.

Había alzado cada vez más la voz y tenía el índice ahora apuntando hacia su pecho. Todo en mí se estremecía de impotencia. Me di cuenta de que Valentina había girado la cabeza para mirarnos y bajé el índice lentamente.

—Muchacho: debería cuidarse —me dijo Kloster con frialdad—. Está empezando a sonar como Luciana. Se lo voy a decir por última vez.

Esperó a que alzara hacia él la mirada y clavó en mí sus pupilas, que permanecían extrañamente serenas, impasibles.

—No pretendo que crea lo que a mí mismo me costó tanto creer, lo que incluso yo creo sólo a veces. Pero crea al menos esto: lo único que hice, en todos estos años, fue escribir palabras sobre papel.

—Usted sabía que ella había llegado a un extremo —insistí—. Usted sabía que estaba desesperada y que no resistiría verlo cara a cara.

—Fue usted el que me arrastró a esa casa, con su estúpida idea de reconciliación —me recordó Kloster con dureza, como si ya hubiera agotado su paciencia conmigo.

Nos quedamos en silencio, mirándonos uno al otro.

—Aunque no haya investigación —le dije lentamente— me voy a ocupar de escribirlo todo. Cada una de las muertes. Todo lo que Luciana me contó. Alguien tiene que saberlo.

—Me parece muy bien que los novelistas escriban

novelas —dijo Kloster—. Casi le diría que me interesa ver cómo el campeón de lo aleatorio se las arregla para convertirme en el Gran Demiurgo. El que hunde bañeros sin tocarlos y sopla esporas en los bosques y saca asesinos de las cárceles y prende fuego a ciudades. ¡Y tiene incluso poderes telepáticos para ordenar suicidios! Hará de mí un superhombre antes que un asesino. Vamos: usted lo sabe. No puede escribir todo eso sin caer en el ridículo.

—Puede ser. Pero igualmente voy a escribirlo y a publicarlo. Es lo que le debo a Luciana. Y quizás sirva para protegerla a ella.

Miré en dirección a Valentina y Kloster siguió mi mirada.

—Ella no necesita ninguna protección —dijo Kloster—. Aunque la vea parecida a Luciana, por suerte también hay diferencias.

El sol de la mañana ahora entibiaba el aire y Valentina estaba quitándose su abrigo. Mientras Kloster me hablaba mis ojos recayeron instintivamente por un instante en la curva pequeña, pero aun así pronunciada, con que asomaron sus pechos de perfil, tirantes y firmes bajo el pulóver delgado y ajustado al cuerpo. ¿Podía referirse Kloster a *esto*? Verdaderamente parecía como si la naturaleza hubiera aprovechado su segunda oportunidad para agregar la pincelada que faltaba en el lugar preciso. Giré la cabeza, para ver si advertía en la mirada del escritor esa segunda intención. Pero sus ojos estaban perdidos en ella con otra clase de mirada, que tanto podía ser la de un padre orgulloso en la contemplación de una hija particularmente hermosa, como la de un hombre cautivado en un amor reciente. En todo caso, en ese segundo en que su guardia quedó baja, lo que sí me pareció indudable, lo único que parecía verdad, es que Kloster realmente amaba a esa chica. Tuve que repetirme a mí mismo, para no dejarme caer en esta nueva trampa, que todos los monstruos de la historia también se habían guardado un lugar y una persona para sus sentimientos tiernos. Pero aun así, sin ni siquiera proponérselo, lo había logrado otra vez. Hacerme *dudar*.

Kloster me volvió a mirar, y se apartó un paso hacia atrás, como si ya no hubiera demasiado que pudiéramos decirnos.

—Supongo que no puedo impedir que escriba lo que quiera. Pero quizá entonces yo también me decida a terminar mi manuscrito. Mi propia versión. Sólo lamento que todos creerán que está inspirada en los hechos. Que primero ocurrieron los hechos. Causa y efecto. Sólo usted y yo sabremos que están invertidos.

Miró alrededor, como si ya pudiera verla terminada, a los altos árboles que flanqueaban el cementerio, al cielo límpido y despejado, y otra vez a la chica que lo esperaba junto a la tumba.

—Será una novela diferente de todas las que escribí hasta ahora. No sé la suya —dijo—, pero la mía tendrá un final feliz.

AGRADECIMIENTOS

A Carmen Pinilla, por su amistad, su entusiasmo, su confianza. Sin su constante aliento difícilmente hubiera llegado al final.

A los doctores Norberto García y Carlos Presman, por sus consejos sobre medicina forense.

A los abogados (y escritores) Hugo Acciarri y Gabriel Bellomo, por valiosas conversaciones sobre las proporciones del castigo y la justicia a lo largo del tiempo.

A la Fundación Civitella Ranieri, por una residencia inolvidable en Italia, donde fue escrita parte de esta novela.

Y a Marisol, por todo, y por las pacientes lecturas y relecturas.